AF140195

Robert Göhring

Echt, was mache ich

Mit einem Rad in der Pandemiezeit

Bibliografische Information der Deutschen
Nationalbibliothek:
Die Deutsche Nationalbibliothek verzeichnet diese
Publikation in der Deutschen Nationalbibliografie;
detaillierte bibliografische Daten sind im Internet über
http://dnb.dnb.de abrufbar.

Herstellung und Verlag: BoD – Books on Demand,
Norderstedt

ISBN: 978-3-7347-2024-6

Inhalt

Vorwort

Ich wusste, die Sache mit dem Fahrrad musste wieder aufgeschrieben werden. Oft war der Lenker fest in meinen Händen, und so spielte das Ross im Leben für mich immer eine große Rolle. Durch die Fahrten hatte ich mich permanent gezeigt. Manchmal knirschte es in meinem Kopf, wenn die Wege mich durch verschiedene Orte führten. Dabei war ich ganz einsichtig und pushte mich aber auf, weil ich mein Gefährt liebte.

Ich hoffte klammheimlich, gegen diese Wahrnehmung könnte man ankämpfen, sonst würde ich mich nicht beherrschen. Mit jedem Schluck Wasser beruhigte ich mich dabei, bezweifelte dennoch nicht, dass an dieser Geschichte auch etwas dran war und ließ die Gedankenströme fließen. Mehrmals nahm ich meinen Schnutenpulli, blickte auf meinen *„altes"* Stahlross und schwieg. So entstand eine andere präzise Beziehung zwischen mir und die Maschine.

Aber ein Schmerz zuckte in meinem Körper auf. Er kam mir sinnlos vor, und ich konnte mir deshalb keinen Reim darauf machen. Eine verdrossene Laune schlug mir schließlich entgegen, der Atem roch nach irgendwas, ich musste raus in einen Wald, um meine Sinne nochmals zu wandeln.

Mein linkes Knie blutende häufig, trotzdem legte mein ganzes Gewicht hinein und trat in die Pedalen. Das war doch zu packen, bevor ich erneut ins Schloss meiner Gedanken fallen würde. Dann lächelte ich zuversichtlich und kettete das Rad wieder los.

Drei Freunde

Die Küstenlandschaft auf dem Darß hatte sich doch in meinen Kopf festgesetzt. Deshalb wurde am sechsten April eine Autotour mit einem ausgeliehenen Fahrradträger gestartet. Während der Hinfahrt steckte ich dann ein Bonbon in den Mund und packte die Dose wieder ins Handschuhfach. Der Darß ist eine Halbinsel, Fischland-Darß-Zingst, die an der südlichen Ostseeküste in Mecklenburg-Vorpommern liegt. Die Aufgaben waren vorher gestellt, und im Auto blickte ich durchs Seitenfenster auf die Küste, wo ich die Vorhaben testen werde.

Ich hielt, stand auf und blickte auf die schlaue Uhr. Die Ostseeluft war erfrischend und außer dem Rauschen der Wellen war es seelenruhig. Ich war im mittleren Lebensalter und voller Neugierde.

Im Ostseehotel Wustrow war ich gelandet und in der Rezeption wurden nötige Worte gewechselt. Jeden Ausflug verwendete ich auf meine Weise. Erstmal bezog ich die Unterkunft, wenn ich dort genug hatte, stieg ich erneut auf das Fahrrad und besichtigte die Landschaft. Die hohen Wellen stürzten sich auf die Strände und das Meer sah aber kalt und wild aus. Indes ging die Sonne unter.

Doch die Fluren zu den Gästezimmern sind lang wie eine schmale Straße, die Türen waren auf der linken Seite angeordnet. Einige Hotels hatten auch unzählige Zimmer, so dass sie jeden Augenblick die Teilnehmer einer Tagung einquartieren könnten.

Wenn ich Rad fuhr, war es möglich, dass sich an dem glattrasierten Gesicht die Wangen röteten.

Der Schlaf und die gänzlich aufgegessenen Brötchen waren doch mein Eigentum vor der Fahrt. Immerhin fühlte sich der Magen nicht betrogen, sondern gesättigt. Aber mein Stahlross war schon hierher verfrachtet. Ich dachte, *„Was für ein Wetter!"*. Natürlich eiferte ich so um den Preis, die besten Radtouren aufzuschlagen. Mein inneres Geräusch verstärkte sich, umso mehr ich mich anstrengte, allerdings bekam ich dabei Fältchen auf mein Gesicht. Das wäre alles ganz einfach; ich rollte mit den Augen, damit mir der Mut erwächst. Der erste Abstecher war endlich geschafft. Alles wäre in Ordnung. Ich stellte das Rad ab und schloss es an. Anschließend wischte ich mir mit dem Finger den Mund ab und war dann im Apartment. Ich zog die Jacke aus, hängte mein Fahrradhelm auf einer Garderobe im Flur und letztlich schaltete die Musikanlage ein. Schließlich ließ ich den Dingen ihren Lauf.

Der Göhring hatte gut geschlafen, das war bisher ein guter Zug. Als die Morgendämmerung kam, beendete ich meinen Schlaf, stand auf und wollte essen. Ich zog hier Unterhose, Hemd und Hose an, schob die Gürteltasche an der Hose, dass ich das Handy griffbereit hatte, und machte ungleiche Bewegungen, um mich zu vergewissern, dass dieses Gerät für mich nicht untauglich war. Natürlich trug ich zuletzt die geliebte Weste wie einer in einem Casino.

Ich frühstückte auf dem Balkon, hob unbewusst stets den Löffel zum Mund. Vorher schaltete ich die

Kaffeeaufbereiter an, nahm schließlich den Kaffee und die geschäumte Milch. Dabei verzichte ich auf Zucker und träufelte eine Menge Milch über den Rand meines Glases.

Beiläufig dachte ich über Kaffeearomen nach, die so einen Duft wiedergeben. Doch die zerkleinerten Kaffeebohnen aus dem Mahlwerk werden eingeschlossen und verdichtet.

Ich nahm einen Schluck. Mein Milchkaffee ist mild, das Röstaroma tritt aber vor. Bin ich nun der Erste? Okay, wohlwollend ist mir doch alles angenehm und verheißt mir nur Glück. Ich fasste den Deckel des Marmeladenglases und musterte die Farbe. hm... Ich aß und leckte mit großem Genuss den Löffel mit der *süßen* Milch ab. Dann schrieb ich meine kargen Notizen.

Die Wetterlage war immer noch super, die Aussicht war toll und ich werde nach dem Frühstück eine Fahrradtour machen. Die Seebrücke, die Ortschaften Nienhagen, Althagen und Ahrenshoop wären optimal. Ich verstand nur, dass ich Radwege fahren sollte, und auf dem Stahlross erschien eine menschliche Kreatur. Zwar hatte ich das bestimmte Etwas, dass ich schnell und flink hinter dem Lenker steuern konnte!

Ich war guter Dinge und werde eine Tour wagen. Ein leichter Wind pustete und die Richtung machte mir zum Lenken keine Mühe, weil der Fahrradhirsch gegen den Wind vorankam.

Dabei machte ich die Rollbewegungen mit den Beinen, stieß ein inneren Schrei aus und ließ das Bike laufen. Weil, man konnte mit den Rössern auf den asphaltierten Dünen-Wegen gut fahren. Jetzt schien ohne Wolken die Sonne, ich musste die Augen schließen, da viel Licht für mich hinderlich war.

Ich musste mich erstmal durchlüften, als ich mich auf den Weg machte, nach einem ruhigen Fleckchen zu suchen, bevor sich der Fahrwind an allen meinen Empfindungen erbarmen würde. Kaum hatte ich eine *alte* Melodie gesummt, da begannen schon die erleichterten Augen zu glänzen. Dieselbe Melodie wäre mir so ganz reizend für anderes Drumherum.

Mit Wohlbehagen sah ich nun, dass ich immer robuster wurde. Dieses Gespür sagte mir, dass ich immer Rad fahren sollte, wie ich mich vom ersten Anfang an bemühte. Dazu klatschte ich mir auf das linke Knie. Dann hatte ich meine Hand auf den Lenker gelegt und ein Lächeln hatte sich auf mein Antlitz eingestellt. Jedoch die Beine drehten sich trotzdem weiter, ich konzentrierte mich ja darauf, bis ich das Gleichgewicht verlor und mit dem Gesicht auf der Erde landete. Schließlich wurde es nur ein kurzer innerer Wettstreit.

Abends blieb ich im Hotel. Im Bad gab es nur ein Päckchen Duschgel. Ich duschte mich und die Klimaanlage ließ sich problemlos abschalten. Jetzt war ich bereit. Zuletzt stand unten im Gasthof des Hotels auf dem Esstisch ein Schild „Reserviert". Bald saß ich mit Freunden auf ein Glas Hopfentee und wartete, dass mein Anteil anerkannt würde.

Die zweite Radtour war nach Dierhagen, Neuhaus, Graal Müritz und zurück. Schon längst hatte ich auf der Zunge zu sagen, dass ich meinen Schlag wieder verwunden hatte, und ich der Ansicht war, für eine lange Zeit wieder große Touren leisten würde.

Der erhoffte dritte Tag war ab hier gekommen. *„Oh je"*, flüsterte ich, ohne nur zu wissen, was ich meinte. Als einsamer Reiter, der sich bloß um die Orientierung zu kümmern bräuchte, wurde ich durch den Bann der Natur erleichtert. Ich scherzte leicht in Gedanken und rieb mir mit der Hand das glatte Kinn. Der Fahrwind hatte mir aber gewaltig beschert, dass der scheinbare junge Greis sich erstmal mit Aufwand die Nase putzte. Als dieser Fahrradtyp bald eine fremde Spur gefunden hatte, war der schöne Zweifel augenscheinlich zur Gewissheit wach geworden.

Nun gings zurück und der Abschiedsgruß hieß: *„Gute Fahrt".* Um zehn Uhr fuhren wir mit dem Auto nach Berlin. Auf dem Darß lachte mich wieder die Sonne an. Aber wie ist das Wetter in unserer Heimat?

Mein neuer Kopplungsträger

Etwas fehlte mir, rief ich und meiner Hand erfasste die Stirn. Mein Gott! Wie war ich durchrüttelt worden. Mir war endlich klar geworden, dass noch was fehlte.
Wenn ich in den eigenen Wagen stieg, waren selbst die Augen beinahe in einem Netz gefangen und die Stimmen nach anderen Dingen klangen ab.

Zwischen mir und dem Stahlross entstand wohl eine mitreißende Verbindung, die auf mehreren Perspektiven beruhte. Indessen hoffte ich, ich brauche mich für meinen guten Willen danach nicht zu entschuldigen, wenn es zu spät wäre! Wo muss dieser Typ sein Schlupfwinkel finden.
Von meiner Geschichte benötigte ich aber eine solche Vorarbeit. Davon träumte ich und musste meinen aktuellen Wendepunkt finden. Aber wieder stand eine beißende Macht auf dem Hügel. Eine Lösung blieb mir im Halse stecken und ich schaute zum Auto, dass mir viele Perspektiven momentan verglühen. Doch würde ich die Münzen schon rasch loswerden.

Sowie ich die Luft atmete, sollte sich endlich dieses Ross in Bewegung setzen. Doch, ich hatte ein Fahrzeug, ein kleines mit Automatik und Metallic-Lackierung. *„Ganz und gar bin ich bei Sinnen"*, murmelte ich. Die Arme verschränkte ich wohl vor meiner Rübe, um Luft zum Atmen zu haben, wenn dieser Fahrradträger über mich zusammenschlug! Ich dachte, ich muss etwas sagen. Und schließlich zog ich aus der Hosentasche ein

Taschentuch heraus und putschte mir damit die Nase. Okay, somit hatte ich einige Lösungen für mein Projekt. Ich hielt den Atem an und ging zur Sicherheit noch einmal die Gedanken durch. Der geeignete Träger hatte zwei Radschienen und trug schwere Lasten an meinem Auto. Mit gewissen Fähigkeiten wird es funktionieren, formulierte ich gleich. In Ordnung, ich wollte nun dieses Gerät kaufen.

Doch der Teufel im Detail trieb mich um, dauerte kurz paar Minuten an, und ging durch meinen Kopf. Der Schweiß stand mir in winzigen Tropfen auf der Stirn. Ich hatte mich deshalb zu einer kleinen Pause hingehockt, wie man es mir beigebracht hatte. Mehrmals atmete ich tief ein und aus. Bei einer ruckartigen Bewegung erbleichte ich wieder, als meine Blicke auf mein Fahrrad gerichtet waren.
Mein Auge schaute kaum, das Lid schreckte hoch, die Pupille zog sich geblendet zusammen, war aber frei. Besorgt schüttelte ich die Arme und ich dachte, die Viren der Pandemie hatte ich mir schon einverleibt.
Eine Panik schlängelte die Brust hoch, jetzt kämpfte ich mit mir, wie mit einem Heer aus Ameisen und war nicht mehr zu stoppen.

Mein Gesicht könnte schon mal zugeschwollen sein, dass ich kaum meine Augen zu öffnen bekam. Aber ich tröstete mich bereits, da ich nun fahren konnte und voller Energie die Gedanken wieder abgeben konnte.
Okay! Es gibt manchmal ein lautes Wort, das beruhig, wenn man sich irrt. Diese Tatsache kam mir jetzt

zugute. Schließlich hatte ich den Blick vom Rad abgewandt, dass zeigte wie durchtrieben ich war.

Mein Anfang könnte jetzt klar werden und dann wären alle Mühen und Kosten nicht umsonst.

Endlich erschien die Lösung für dieses ausgesuchte Geheimnis. Mein Fahrradträger wird sich durch eine Anhängerkupplung bewähren. Nachdem alles montiert war, bin ich zur ersten Tour abgedüst.

Nunmehr war die Etappe getan; ich war total beglückt und es sollte über ganz Europa widerhallen. Vermutlich entstand nun wohl meine unverwüstliche Fahrweise. Nochmal bewegte ich meine Arme. Ich bestieg dieses Fahrrad, ließ mich durch den Radweg treiben, um auf keinen Fall gleich wieder zu zweifeln.

Als ich all das hier im Landstrich erprobt hatte, blieb doch der Erfolg für die anderen im Dunkeln. Ihre Blicke brannten ohne Staub aufzuwirbeln. Es war keinesfalls mehr als nur eine Minute.

Dennoch gab es einen dumpfen Schlag gegen meinen Leib, das Rad entglitt mir, etwas Schweres warf mich zu Boden und begrub das Fahrrad unter mir. Liegend auf meiner Seite, überlegte ich nun giftig und wurde wieder unruhig. Nachdem schwankte ich als Radfahrer wie blind durch die Gassen über Stolpersteine. Damit das gute Gefährt nicht zu Schaden kam, war ich trotzdem vorsichtig. Beherzt mit einem ein Nicken des Kopfes wollte ich mich vor einem klirrenden Geräusch hüten.

Nebenbei schaute ich wie eine Dame mit langen, blonden Haaren und dem Handy am Ohr plauderte.

Aber ich klopfte mit meinen groben Händen auf dem Drahtesel, *„Es wäre geschafft"*. Dieser Ritt machte indes so einen ganz glücklichen Eindruck.

Altlandsberg

Im Garten drehte ich den Wasserhahn auf, quetschte mir dabei meine Füße und zögerte dann. Ich stand mit bloßen Füßen und erinnerte mich daran, dass ich gleich fallen könnte. Ich tat so, als ob es unbemerkt wäre, und goss das kalte Wasser über meine käseweißen Beine. Der Kopf hob sich und meine Zähne klapperten nun. Daher versuchte ich momentan, die Kiefer geschossen zu halten und bis die Zähne zusammen. Schließlich bewegte ich mich zur Terrasse, warf einen Blick auf den Tisch und sah mein Kaffeeglas und Gebäck. Vor Freude bekam ich eine Gänsehaut und mein Atem setzte für einen Moment aus. Das berührte nun meinen Puls. Meine Güte, ich spürte aber schon wieder ein leichtes Unbehagen.

Auf jeden Fall sollte sich die Lage nicht verfinstern, noch stierte ich ins Leere, nickte still und überlegte, was zu tun wäre. Einen Adrenalinstoß musste nun kommen, das Herz pulsierte und ließ das Blut durch meinen Körper strömen. Er kam.
In diesen Moment warf ich einen erneuten Blick auf alles, was mein Leben mit dem Rad so froh gemacht hatte.

Mit leiser Stimme kamen so die Erinnerungen erneut auf. Immerhin ein bisschen zwang ich mich schon damals, mich nicht versteckten zu wollen und kam vielleicht dadurch zu meiner scheinbaren Lösung, dem Auto.

Wie reizend, dass jetzt ans Verreisen mit dem Stahlross gedacht werden konnte. Jetzt hatte ich Zeit, sehr viel Zeit.

„Was ist für mich Heimat?", dachte ich. Viele Ecken gab es, an denen man auch Radfahren konnte, das empfand ich nun mit Wohlbefinden. Vor Freude hatte ich geballte Finger und hätte mit den Händen gern gleich das Rad ergriffen.

Es war halb drei Uhr nachmittags. Meine Gesichtszüge wurden immer heller, wenn einmal der Blick auf mein Fahrzeug fiel. Gefasst sah ich dann in eine Richtung, in die mein nächster wilder Zug gehen sollte.

Meine Geschichte handelte dadurch von interessanten Abstechern in eine Welt, die in mir ein natürliches Interesse hervorrief.

Aus diesem Grund rollte das Ross jetzt auch auf harten Wegen. Inzwischen könnte ich mal frische Luft in meine Lunge lassen, bis sich die Brust hob. Es wurde allerlei zum Spaß, in dem sich ein Funken Vernunft versteckte. Dazu hob ich den Finger: *„Gib acht!"*.

Einen falschen Weg hätte ich allerdings auch verfolgen können.

Vor gar nicht langer Zeit spürte ich dann die Tränendrüsen und errötete leicht. Das Wetter war jetzt durchaus toll.

Wenn die Dinge nur so blieben, wäre das Leben spürbar tauglicher. hm…

Ein anderer Tag kam. Mit einem Bekannten fuhren wir im einigen Auto nach Hönow. Der Wind schien nützlich

für eine Spritztour zu stehen. Obwohl wir schnell drauflosfuhren, hielt
der Träger das Ross, bis wir zum Stehen kamen, wo die Dorfstraße zu sehen war.

Der erste Teil meiner Strecke war geschafft. Die vor mir liegende Perspektive erregte mich wohl. Ich hatte eine Mission zu erfüllen, auch wenn der Wind durch die luftgefederten Reifen des Fahrrades pfiff. Also hockte ich mich nicht erstmal hier hin und war verschnupft. Es wäre nun meine Leistung, wenn der Organismus reibungslos abläuft.

Doch es wird mich beruhigen, das Material des Rades wieder zu spüren. Ich fühlte mich stark, denn ich hielt mein Fieber für Eifer. Falls sich mein Stahlross mit mir zufriedengeben würde, wäre der Entschluss eine verdauliche Sache.

Doch wie lief der Hase wirklich? Dann fiel mein Blick auf die Route am oberen Rand des Berliner Rings bis Altlandsberg.

Schließlich gelang mir ein guter Antritt und ich kurvte immer weiter. Endlich gelangte ich zu der Einsicht, dass ich es wohl schaffen werde. Wenn ich fuhr, sah ich alles wie beim ersten Mal und versuchte gleich weiterzufahren.

Schaff geschnitten, war jedenfalls mein Tun in jeder Kurve, auch wenn meine Finger bebten. Immerhin fuhren wir mit den Rädern bis nach Altlandsberg. Matt war ich auch noch nicht und die Augen waren nicht welk.

Am liebsten wäre ich gleich andere Wege geradelt, das würde noch mehr neue Spuren geben. In dieser Minute sah ich grad ein Fahrradgespann, dessen Fahrer qualmte eine kurze Zigarre, einen Stumpen. Dabei schaute ich mit einem unguten Gefühl auf den Fremden und erst, als der völlig verschwunden waren, wandte ich so meine Blicke wieder auf die richtige Spur. Wenn ich jetzt diesen Pedalritter wieder einholte?

Letztendlich war ich in mich versunken, was sollte ich auch normalerweise sagen und kein Blech reden. Die Mundwinkel hatten sich durch den geringen Anlass schwach eingekerbt. Zweifellos war ich erregt und zeigte meine lachenden Zähne, die alle dahinter versteckt waren. Aber beherrschte ich auch mein Inneres? Es schien ein Atemzug wohl zu genügen, um die Gesichtsfarbe erneut herzustellen.
Ich zog den Rest des Gesichtes nach unten und glücklicherweise verfügte ich jetzt über eine neue Erinnerung.

Müritz im April

Wenn ich wieder einmal tiefschlafen könnte, und nicht nur an jeden Morgen unerwartet aufwachen würde, wäre ich zufrieden.

Mehrmals wurde ich jedoch von einem Geräusch geweckt und sah gleich den *alten* Mond. Wenn ich deshalb die Augen im Kreis bewegte, stand ich gleich auf und wanderte daraufhin kurz im Garten. Es fiel mir dann nicht schwer, die Wirklichkeit zu begreifen.

Dazu fiel mir auf, dass oft in mir eine neue Idee herausplatzte und zu einem festen Gedanken wurde.

Erstmal hatte ich indessen dafür einen neuen soliden Fahrradträger, der einen großen Einschnitt in meine Euros, hervorgerufen hatte. Das war zunächst hart und grausam gegen mich, aber nicht anders zu erwarten. Nun sollte ich ihn voll ausnutzen.

Ich musste die Lampe zum Schuppen anmachen, öffnete irgendeine Tasche und kramte darin herum. Ich wollte etwas vorbereiten. Mit meinen Augen sah ich das Werkzeug, ohne mit der Wimper zu zucken, fand ich es wohl geeignet.

Noch am gleichen Abend checkte ich am Rechner verschiedene Hotels ab und bestellte ein Zimmer. Doch wie wäre früher ohne gewesen? hm… Dann guckte ich erstmal hoch in den Sternenhimmel.

Der nächste Morgen war vielmehr sonnig blau und klar. Wie von einem eisernen Ring fühlte ich mich in diesem Moment benebelt und drückte deswegen die Fingerspitzen leicht an die Schläfen. Danach nahm ich eine lauwarme Dusche und hielt mich hierbei mit der Hand von der Wand ab. Mir ging es besser. Ich frühstückte und werde irgendetwas mit Keulen machen. Als ich in meinem Zimmer rhythmische Übungen versuchte, stand mir der bohrende Schmerz bis zum Hals. Geduld, sagte ich mir mit leiser Stimme.

Wenn ich doch einmal etwas Unerträgliches im Leib hatte, fuhr ich mit meinem Ross auf dem Volvo in die Ferne. Damit in diesen Augenblick die zweifellose Unruhe nicht zunahm, verfolgte ich Denkweisen, die geeignet waren, einen Reisenden flink zu erfüllen.
Ich konnte mich mit dem Gefährt abermals ablenken, ohne weitere vergebliche Maßnahmen. Ein wenig lockerte ich mein Griff am Lenkrad und ich atmete wieder regelmäßig.
Dadurch ließ ich mich gern bewegen und konnte es gar nicht fassen, dass all der klebrige Schmutz sich in Windeseile auflöste.

Ich stieg auf das Fahrrad. Bald tröpfelte es draußen sehr. Der Regen war einfach da und schlug bitter als ein kurzer Schauer auf meinen Körper. Doch erstmal musste ich eine kleine Schleife machen. Dabei hinterließen wohl die Wassertropfen hinter dem Rad auf dem Straßenpflaster echte Rinnsale.
Dazu registrierte ich, wie schon auf der Nase kleine Perlen standen. Gleich murmelte ich mir

entgegenkommend: *„Alles findet sich und meine Erschöpfung könnte sich wohl in mir vergessen lassen"*.

Jedoch ein paar Wortfetzen, die das Ohr trotz eines Rauschens aufnimmt, sind schließlich da und augenblicklich übriggeblieben. Es war keineswegs makellos, sondern durch die Haltung des Fahrradtypens ermöglicht. Die bereits fast gewonnene Fahrt ging gut weiter. Nach dieser Probe war ich doch bald zuhause.

Jetzt konnte ich das Hotel entdecken. Wir, eine Begleiterin und ich, sind über Neuruppin auf der Autobahn gefahren. Der Mensch ist wohl geschaffen, so glücklich zu werden, ging mir in ein paar Sätzen durch den Kopf. Da ich einen Weg mit prinzipieller Sicherheit so gut, wie es möglich war, erwischt hatte, lief alles Bestens. Aber das war vielleicht unbeständig wie das Meer.

In der nächsten Ortschaft gingen schon die Laternen an. Wir waren im Hotel angekommen und wollten schlafen gehen. Was werden wir dann träumen? Dicht stand ich neben der jungen Dame, meine Brust berührte leicht gegen ihre weiblichen Reize und meine Nase befand sich dabei über ihrem Ohr. Unser Atem roch nach Zahnpasta.

Als ich mich später unter den Stichen der Mücken, die sich über Hals, Gesicht und meinen schmucklosen Körper bewegten, ärgerte ich mich und bedeckte achtsam meinen Leib. Indes schlief ich bereits ein.

Doch beim Aufwachen spürte ich verzweifelt wieder, dass die verdammten Mücken meinen Pyjama bis in die Haut durchgelöchert hatten.

Die Sonne geht schließlich auf und im Speiseraum wurde Kaffee gebracht. Es gab ein reichliches Frühstück, ohne Zerwürfnis war es auch optimistischer. Ich berührte Ihre Hand mit meiner, um sie keinesfalls zu verlieren. Im Moment war ich erleichtert und trank einen kräftigen Schluck. *„Die kommende Fahrt mit dem Fahrrad kann mir munter vorstellen!"*, sagte ich. Von hier aus hatte ich erstmal gute Sicht. Aus den schnörkellosen Ärmeln fallen gerade paar Halbfinger-Handschuhe zu Boden. Das war der Ruf, der vom Rand der Müritz zu den beiden Fahrradfahrern drang, die sich dort bald mit den Beinen bewegend, aufhalten werden. Dabei streifte mein Auge die Küste entlang und bis zum anziehenden Wasser.

Ein Wunsch war vor allem die Stadt Waren zu sehen. Als wir an der Strandstraße ankamen, sah ich auf dem Holztisch die Heringe und war mein optimales Ding. Ich holte bei der dicken Fischfrau zwei belegte Brötchen. Sie, die Fischfrau, geriet aber fast außer Atem. Wir Beide essen im nächsten Augenblick am Hafen. Eigentlich müsste ich jetzt diese Hose wechseln, den prompt hatte ich geklettert. Okay, sie strich mir leicht über die Igelfrisur, ein Lächeln sauste über mein Gesicht und ich war nun glücklich.
Schließlich wollten wir faulenzen und so ruhten wir aus. Doch, mein Hals wäre steif geworden, weil ich nur noch saß und in die Ecke guckte. Außerdem wollten wir am Feisnecksee radeln und zum Müritzeum zurück. Jederzeit waren diese Bereiche in den Weiten der Mecklenburgischen Seenplatte sehr erholsam.

Vom natürlichen Element, das aus der Müritz entsprang, hatte ich mich schon erfreut. Ich hatte es gesehen und in der Nase war noch lange roch. Ich fühlte also diese Droge jetzt stets bei mir. Wenn es auch manchmal anstrengend wird, lass ich mich immer wieder zu solchen Touren lenken.

Oh, es dämmerte schon. So aussichtsreich mir die Fahrt erschien, entstand nun die Lust auf was *Neues*. Ich bekam wieder Appetit! Wenn ich jetzt in ein italienisches Restaurant marschieren könnte, wünschte ich Spaghetti mit Tomatensoße. Doch, ich hatte auch schöne Äpfel.

Eine Schar von Rädern fuhr vorüber. Ich musste Licht anmachen. Unerwartet hatte ich das Gefühl, dass es eine gute Idee wäre, wenn von den Eindrücken tolle Fotos blieben.

Ich machte mir diesen Gedanken zu eigen, da er mir für ein Leben mehr gab. Da spürte ich, dass der Luftdruck vom vorderen Schlauch des Rades zu gering war, außerdem zitterte das Lampenlicht. Schließlich schloss ich die Augen, meine Pumpe war im Wagen und ich konnte auf das Vehikel keinesfalls verzichten. Okay, wie es aussieht, es wird dennoch gehen.

Ohne Elektrik, auf holprigen Wegen

Wie ein Halunke, der sich bequem aufs Himmelbett legen wollte, kam ich mir doch vor.

Am Kopfende befand sich ein Nachttisch, meine Uhr, die Ladestation für mein Handy und mein E-Book-Reader. Ich wunderte mich wirklich über meine Kopfschmerzen, schwieg auf rätselhafter Weise und schlich zu meinem Dachfenster.

So wollte ich aus dem Schatten herauskommen, denn ich fühlte mich jedoch verlassen. Okay. Im Moment stand das Fenster offen, um nach dem Saubermachen frische Luft hereinzulassen. Der Wind wedelte leicht durch meine säulenförmigen Pflanzen. Hinter mir schloss wohl eine Böe die Tür.

Ich stand da, guckte noch mal mit meiner eigenartigen Miene, die zugleich ein Erstaunen ausdrückte. Ich trat gegen den Holzbalken, sodass mein Fuß heftig schmerzte, was nicht wieder vorkommen sollte. Ich musste irgendwas ausdrücken, jedoch ich biss mich zur Konzentration auch noch auf die Zunge.

Mittlerweile starrte ich aus dem Fenster in den Garten und wusste im ersten Augenblick nicht, was ich tun sollte. Wenn sich dieser Nebel noch mehr verdichten würde, sähe ich nichts mehr. Völlig verdattert überkam mir ein komischer Gedanke.

Wenn ich wieder anfing zu schreiben, dass man irgendwas mit dem Rad vorführen könnte, bemerkte ich sicher, dass ich Schwierigkeiten mit dem Geschriebenen bekommen würde.

Wie sollte ich einen solchen halbgescheiterten Versuch doch zu Papier bringen. Ein Erzähler bin ich aber gar nicht. Was verlangen Sie von mir? Dennoch, was kümmerte ich mich um solchen Wirbel? Schließlich lebte ich nicht nur in meinem Kopf. Wortlos verließ ich das Zimmer.

Als ich auch den Flur hinter mich brachte, konnte ich doch keineswegs Ungewöhnliches erkennen. Absolute motivierte Unruhe hatte ich im Moment angeordnet. Was mich aber vorher im Zimmer umgab, wäre nicht gut gewesen und würde bloß Unglück bringen. Derartige Habseligkeiten hätten wohl nur mein Lächeln vermindert. Es kam lediglich ein einfaches Achselzucken statt großer Worte.

Das Kopfnicken signalisierte mir, mich zu dem Garten zu setzen und so kam gleich die Bewegung. Weiterhin verlor ich kein Wort, hatte damit eine winzige kleine Freude und das war ja schließlich das Wichtigste.

Zunächst ging es in die Garage. Dort trudelten meine Arme, Schweiß stand auf der Stirn, die Gedanken fingen an, sich wie das Wirrwarr in meiner Rübe zu drehen. Ich erinnerte mich trotzdem daran, wie allmählich die Bremsen kaputtgehen, wenn man mehrmals mit voller Geschwindigkeit fuhr und schließlich bremsen musste. Dann waren die Bremsbeläge bald runter.

Es schien mir, als vergesse ich auf eine erstaunliche Weise doch nicht alles. Vieles hatte ich vermutlich noch nicht mitgemacht. So empfindet das wohl ein Tollpatsch...

Die Elektrik des Fahrradträgers funktionierte aber auf der Anhängerkupplung nicht! Verlegen starrte ich zu Boden, vielleicht ging das von selbst vorbei. Diese Ansicht könnte mich aber geschwind erheitern. Okay, soweit es mich betraf, war es leider nicht so. Ohne eine Äußerung zu sprechen, setzte ich mich erstmal hin. Ich sollte nochmal alles Prüfen und musste kämpfen, um das Glück zu erobern. Ich ließ paar Sekunde verstreichen, dann sprach ich mit gefasster Stimme. *„Gewisse Handlungen erfreuen mich wirklich und andere nicht."*
Eigentlich merkte ich, dass ich keine Lust hatte, das stellte sich an meinem Gesichtsausdruck und besonders zwischen den Augenbrauen dar. Wenn das ein Theater wäre, zeigte es endlich die erhoffte Absicht. *„Schluss, ich habe es satt!"*
Ich schlucke die Pille und langsam zerteilt sich mein Nebel.
Die Montage war schnell erledigt und der Stromkreis wieder geschlossen. Ich musste zugeben, dass ich mit dem Aufwand wohl recht hatte. Bewegt riss ich den Mund auf, sog die Luft ein und bekam es nicht mit der Angst zu tun.
Seitdem weiß ich auch mit Sicherheit zu sagen, wo ich den Fahrradträger suchen könnte.

Als Abschluss habe ich heimlich alles auf dem Rechner beschrieben und so dokumentierte ich es selbstverständlich. Nein, meine Zeilen ließ ich nicht zurück und auf das nächste Wunder konnte ich warten.

Damit schob ich den Hergang in diese richtige Position. Trotzdem erweckte es in mir den Eindruck, als freute ich mich über diese schöne Begebung. So weit, so gut. Meine grünbrauen Augen bezogen sich einen funkelten Glanz in dem Gesicht.
Ich wollte dennoch kein Wunder mehr haben, wischte mit der Hand den Schweiß an der Stirn. „Das war's", sagte ich und hätte es durchaus gut finden können.
Es störte mich gar nicht, dass ich weder elegant noch wohlduftend war und in jener Sache keine freundlichen Worte auf mir warteten.

Als ich den Träger auf der geänderten Anhängerkupplung nochmals ausprobierte, fand ich es einfach, was mich reicher machte. Ich war erleichtert, und machte mir nun keine Sorgen mehr.

Am folgenden Tag suchte ich mir ein Plätzchen auf der Hollywoodschaukel, um die Natur zu beobachten und dem Wind zu lauschen.
Über die Zukunft hatte ich keinerlei Bedenken, weil es keinen Grund dafür gab und ich könnte etwas anderes tun.

Woltersdorfer Schleuse

Als ich am Morgen aufwachte, schien der Mond auf die Dächer. Innerlich murmelte ich irrtümliche Worte dahin. Es genügt mir eigentlich, um andere Gedanken zu suchen.

Im nächsten Moment erinnerte ich mich lieber an eine fesselnde Fahrradszene, wackelte nun mit den Zehen und streckte mich mit meinen Armen bis zu allen Gliedern.

Endlich wollte ich mich ankleiden, öffnete aber erst das Fenster und mein benommenes Gesicht erschien daraus bald in Höchstform. Plötzlich stellte sich heraus, dass auch diese Beine wie wild pochten. Das wiederholte sich einige Male noch auf der Terrasse, sodass ich mit meiner aufgesetzten Miene ins Schwitzen kam.

Manchmal kam es mir vor, dass ich erstmal einen Ausblick hineinspähen musste, bevor ich morgens in der Küche mein Milchkaffee bereiten konnte. Auf der Terrasse setzte ich mich an den kleinen runden Tisch. In den Händen gestützt ruhte mein Kinn und ich guckte raus in den Garten. Dann streckte ich die Hand aus und fasste nach dem Gefäß, das vor mir auf dem Tablett befand. Wie zuvor beschworen empfand ich die frische Kälte, aber kein Wind bewegte die Luft.

Ich ging dazu über, die verschiedenen Arten für die Ross-Idee durchzuleuchten, dann aufzustellen und diese Resultate sollten eine erste schlüssige Konsequenz zu liefern.

„Ich bin bereit", sagte ich forsch. Als lockerer Typ öffnete ich mein Shirt und wollte eine Biege damit machen.

Dabei tänzelte ich leichtfüßig, als wäre ich eher mit dem Rad schon vertraut. Das schon zu erkennen, ich nie geglaubt hätte. Noch merkte ich meine Unruhe, die wohl von der Kälte kam, wollte aber, wenn auch verzerrt, fahren.

Morgens packte ich meinen Rucksack und stürzte in Windeseile auf einen Weg. In aller Frühe fege ich mit meinem Bike weiter. Bald wurde mein Stahlross in Berlin-Hirschgarten von einer Dame überholt, die rasanter fuhr.

Es gibt Rad-Typen, die gut gelitten und quietschfidel sind und sich sogar ein neues Glück auf einem Überbleibsel aller Hoffnungen aufgebaut haben.

Ich machte die Augen eng, als ich die Spur schmaler zu werden begann und vernahm einen inneren kurzen Schrei, der mich ein wenig erschauern ließ, so dass ich mein Lenker fester umklammerte. Schließlich war wohl mein neuer Fahrradweg an der Schöneicher Landstraße. Dennoch lag es an den Beinen, von denen die Kraft ausging, die mich ermunternd in die Weite zog.

Mit der Tram siebenundachtzig, wollte ich dann zur Ortschaft Schöneiche, über die Endhaltestation S-Bahnhof Rahnsdorf, sausen. Am Fischerfahrradweg hörte ich wirklich diese Straßenbahn kommen. Aber ich wusste nicht, wie ich das Fahrrad loswerden sollte. Fassungslos ließ ich meine Rübe ein kleines bisschen sinken und murmelte: *"Was hätte ich ansonsten gestrampelt."*

In dieser Situation erkannte ich auch, dass es ein nostalgischer Zug war. Mein Gespür sagte mir diese Linie siebenundachtzig gehört zum festen Tagesablauf. Indes stellte ich das Rad neben dem Bahnhof ab. Am Automaten in der S-Bahnstation hatte ich wohl den Wunsch nach einer Fahrkarte zur Wohlersdorfer Schleuse. Aber, die klirrende Kälte hatte es mehr mit mir. Daher stieg ich ein. Dann nahm ich das Portemonnaie aus dem Rucksack und hielt den Tramfahrer diese Fahrkarte unter die Nase. Mit Hilfe des Fahrscheins wurde rasch der Wert der Fahrt abgestempelt. Er befreite mich gleich von der Karte und fügte die blauen Augen auf mich.

Ich habe mir am Automaten für ein Euro siebzig einen Einzelfahrschein ohne Umwege gekauft. Doch was wäre günstiger? Ich hatte den Tramführer gefragt und ein Euro sechzig kostete eben diese Straßenbahnhinfahrt.
Ich beachte es, suchte mir ein Plätzchen, als würde ich auf einer Bühne sitzen und saß nun bequem.
Ein ungewohntes Geräusch wird lauter.
Ich wollte mir eine Geschichte zurückerobern, jedoch wenn ich rausfliege oder abrutsche. hm… Verloren wäre ich, schließlich für eine lange Zeit und könnte dann diese Landschaft nicht finden, in der ich sitzen wollte.

Wie ein Trampeltier war wohl dieses Bild von mir, wie ich durch die Woltersdorfer Straßenbahn gestampft bin.

Willst du hier aber diese Bahn mit den scheckigen Fahrradschuhen den tollen Fußboden vollsauen?

Schon knirschten jedoch die Schienen der Tram und nun blickte ich zur jungen Dame mit einem perfekten Pferdeschwanz zum Hingucken. Ich sah ihr gleich ins Gesicht. Vor einem Augenblick hatte sie sich hingesetzt und jetzt hing die Umhängetasche aus Wildleder auf der Armlehne der Sitzbank. Dieses Frauenzimmer trug unter ihrer dicken Jacke ein himmelblaues Kleid, hatte Busen und ihre Nägel waren dazu rosa.

Ich erinnerte mich, dass ich vor Jahren mit einer Begleiterin wilden Sex gehabt hatte. Wohl dachte ich aber, dass dieses Wesen auffallend liebenswürdig ist. Aber, was ich nicht weiß, machte mich hier nicht heiß.

Schließlich drückte ich dann meine Nase an die Fensterscheibe, sah den Schatten der Straßenbahn und erwartete bald zur Schleuse. Ich war einer derer, die diese Tour begonnen hatte, um zur Schleuse zu erreichen.

Nun gab ich mir vom schmalen Rucksack ein kleines Hefebrötchen mit Knoblauchsoße. Wenn alles gut ging, könnte ich wieder mit dem Triebwagen zurückfahren.

Mit beiden Augen durchforschte ich die Bäume; ihre Schatten wanderten wiederum an mir vorbei und ich erkannte ohne Zweifel, wonach ich suchte.

Auf den Schienen fuhr ich jetzt im Wald und registrierte, wie ein Damhirsch sich in einer allmählichen Bewegung näherte.

Zur Helmuntermütze trug ich auf auch noch eine Sonnenbrille in der Straßenbahn, die nun weiterfuhr.

Mehr gab es im Wald nicht, als ich nach einiger Zeit zu den Einfamilienhäusern kam. Dabei presste ich die Lippen aufeinander.

Eine sehenswerte Aussicht brach an, denn die Woltersdorfer Schleuse kam näher. Wieder drückte ich die Nase an die Fensterscheibe, schnappte nach Luft und in Gedanken kam eine Erinnerung. Diese erschien, immer stärker zu werden. Ja, jetzt fiel es mir haargenau ein, da ich früher mit dem Auto schon mal hier gewesen war. Ich hielt sofort den Kopf und die Schleuse in die Kamera.

Wenn ich mit dem Fahrrad, bis Hierherfahren würde, wäre mein Arsch, der die ganze Zeit auf dem Sattel hockte, wund.

Mit der Straßenbahn fuhr ich schließlich zurück.

Ich döse nun und siehe da, mir fielen sogar kurz die Augen zu.

Doch das Aufwachen war nämlich so glanzvoll, dass es auch dem ungeschulten Auge auffiel. Es wurde Zeit, denn an der Endhaltestelle musste ich aussteigen. Ich hielt mit der Hand auf der Haltestange und richtete mich auf und hoffte, dass es mir gelingt.

Endlich gleitente ich mit meinem Vehikel und mir fiel doch jede Bewegung schwer. Trotzdem ging es auf einen asphaltierten Weg mit dem Rad neben der S-Bahnstrecke Friedrichshagen immer weiter. Eine geraume Weile fuhr ich schon und ich musste jede Bewegung aus den ermüdeten Beinen stoßen.

Wirklich quetschte ich mich nicht ganz aus und ließ mich aber auf meinem Sattel fallen. Mittlerweile fliege ich auf dieses Sportgerät, mein Fahrrad, in einen

Sonnenuntergang hinein. Dennoch zitterte ich schon vor Eiseskälte am ganzen Leibe. Immerhin keine Finsternis glotzte auf mich, als meine Spur immer weiter ging. Auf die Gefahr hin, nicht auf den richtigen Fahrradweg zu treffen, ging es stets zum Domizil. Was aber hatte einer mitten in der Kälte zu lächeln! Es wurde Zeit, dass ich rechtzeitig zurückkam.

Endlich war ich zuhause. Ich zog mir die Fahrradschuhe aus, legte meinen Kopf mit zerzausten Haaren schließlich auf die Ottomane und schlief sofort ein. Wem könnte ich es auch danken, dass es auf diese Weise milde mit mir um gegangen ist.

Als ich in der Nacht aufwachte, freute ich mich wieder in der munteren Stadt Berlin zu sein. Der nächste Tag verläuft auch unbedenklich.

Rückhalt in Vaihingen

In der Dachgaupe saß ich, massierte erregt meine Hände und sah aus dem Fenster. Was für Pläne werde ich bald aushecken? Dabei biss ich mir auf die Lippen fast bis zum Blut, um einen Ausbruch abzuwehren. Als wilde Frohnatur sah ich nochmal wohl eine Fahrradszene im Anzug. Ja, diese Gestalt erhob sich in mir und es kam mir fast so vor, als würde es schon morgen los gehen.

Ein gewisser Übermut, der mir lustig erschien, war mir das Gegenteil zu meinem inneren Schweinehund, der mir wohl auf der Stirn geschrieben war. Eigentlich hatte ich zum bevorstehenden Einfall doch gar nicht gesehen, aber irgendwelche Dinge hörte ich bereits.

Daher wurde es für mich wichtig, mich mit dieser Sache zu beschäftigen. Wer hatte mit mir schließlich dazu den Mut?

Aber dafür bewegte sich in meinem Scharfsinn noch was Anderes? hm... Ich stand in meinem Zimmer auf. Ohnehin wurde in meinem Kopf, diese Runkelrübe, dieses Fremde am Ende zu einer Last, die ich immer wieder herumschleppen sollte. Doch ich will nie und nimmer nur im eigenen Saft schmoren, zu dem ich eine wilde Natur habe.

Die Vorstellungen, dass alles mit einem Pedelec zu verbinden, wurden immer stärker.

Jeder Versuch, das anderes zu formen, würde mich keineswegs zerreißen. Forschend blickte ich auf meinen Körper.

Bei einer Pause nahm ich mir in der Küche einen keinen Löffel, rührte ruhig den Kaffee um, den ich mir nach meinem Geschmack platzierte.

Während ich mich auf die Terrasse hinsetzte, dachte ich über neue Aufgabe nach. Ich fasste das volle Glas an und trank den Kaffee bis zum Schluss.

Was immer auch diese Herausforderungen waren, die ich mir nun überlegte, mussten in meiner Kraft liegen. Keiner sollte mir helfen. Ich versuche mich so in diese Lage zu versetzen. Also lasse ich, ohne weiter nachzudenken alles so, ohne es auszusprechen. Es wäre nicht schlecht, wenn ich schon mal in die Strecke reingucken dürfte. Aber, als ein kleiner Wurm mit Fehlern, wusste ich nur, dass ich das E-Bike lenken werde.

Ohne sich umzudrehen, räkelte ich mich nun. Doch ich kann es machen, denn der Wandel zu mir selbst, wäre dann meine Mission.

Am Tag, an dem die ganze Sache Hand und Fuß bekam, wurde durch eine ferne Verwandtschaft das notwendige Vertrauen erzeugt. Die Freunde bei Stuttgart haben Pedelecs. Andererseits ist die innere Trägheit noch stärker als der Drang. Doch nur ein Augenblick dauerte es, bis ich mich entschieden hatte. Als schlichten Versuch diese Idee zu organisieren, steckte für eine Person eine Chance. Es gab vielmehr ein Angebot, um einen guten Verlauf zu erzielen

Das hatte Sinn und weiterhin hatte ich womöglich Glück, mit solcher Technik für mich zu tüfteln.

Vielleicht standen mir dabei Veränderungen bevor? In diesem Falle könnte ich mal fragen. Aber, niemand würde sich die Arbeit machen, also müsste ich mich bemühen.

Ich fühlte mich wie auf einer Trittleiter, so sehr war ich gar verunsichert. Wer gucken will, der soll es machen. Außerdem könnte ich mich auch auf eine Probe festlegen lassen. In solcher Praxis verzerren sich wohl meine Gesichtsmuskeln.

Jetzt wollte ich trotzdem die Wahrheit sicher wissen, denn jeder macht sich die Mühe, etwas Neues zu probieren. Allerdings, was sollte ich denn sonst mit einem Elektrorad? Ich war dessen ungeachtet irrigiert, aber dennoch traute ich mir was zu. In dieser Stelle wende ich meinen Kopf und stellte mir mit einem raschen Blick in der Ferne ein Pedelec vor.

Was passieren könnte, wusste ich schon zur Genüge. Denkbare Probleme?

Schließlich war ich in Vaihingen, verstaute meinen kleinen Koffer im Hotel, wartete einen Moment und ging dann mit meinem Vater per Fuß zu der fernen Verwandtschaft. Dort standen diese Elektrofahrräder. Ja! Mein wagemutiges Abenteuer kann ich in diesem passenden Moment auf keinen Fall auslassen. Zur Sicherheit hatte ich meine Fahrradschuhe und auch meine rechte Klickpedale mitgebraucht. An das eigene Wohl, kaum denkend, hielt ich jetzt den Atem an und wollte gleich starten.

Dazu musste ich den Unterschlupf verlassen und schlug einen Weg ein. *„Als würde ich auf einer Bühne stehen.",* fühlte ich mich.

Nun, ich beachtete fast alles. Von dieser Zeit an, erhellte sich in mir der Geist, und die Lust zum Leben erwachte mit voller Kraft.

Mir ist eingefallen, dass es doch zwei Getriebe bei Fahrrädern in dieser Sache gab. Die Kettenschaltung und die Nabenschaltung... Woher kamen aber die zwei Methoden.

Eigentlich konnte ich von Beiden, Nutzen ziehen. Demzufolge hatte ich einen schweren Kopf, als ich auf dieses Pedelec mit Kettenschaltung aufsteigen sollte und probierte es erstmal mit den Händen. Ohne zu wissen warum, bebte ich und hatte die Nerven kaum im Griff, als ich daran dachte mit diesem Gerät zu fahren.

Erstmal musste ich am Rad die Pedale auswechseln. Ich hatte nunmehr keine Mühe, den Zusammenhang für die beiden Füße zu beachten, andererseits wurde mir so weit klar, dass die innere Einstellung wohl wirken musste.

Jetzt rollte ich wirklich vor Freude los. Ohnehin war der Start ein Aufreger, als hätte sich alles für mich aufgetan. Ich glaubte, dass mein innerer Schweinehund hätte ein kleines Wunder bewirkt und schien keineswegs schlicht verwundert. Ich spürte es, irgendwas wäre anders und ich war selbst ein wenig verblüfft.

Dennoch hielt ich mich wieder zurück, um dieses Fahrrad im Blick zu haben. Was wollte ich mehr? Das Wetter war beiläufig sonnig und die Fahrt danach ein

Fest. Ich fühlte so, wie mir die Fieberröte auf die Wangen stiegt und im Brausen hielt doch niemand als der Wind.

Die zitternde Stimme drang kaum durch die geschlossenen Zähne. Aber erst fuhr ich ein Stückchen und kam mit dem fremden Elektrofahrrad zurecht. Mit der Kaltblütigkeit allein wäre es nämlich nicht getan. Ich radelte bis jetzt eine halbe Stunde. In meinem Blut bildete sich eine tollpatschige Leidenschaft.

Ich werde mein Wissen doch nicht hergeben, wenn ich dorthin zurückkomme, obwohl ich mich bald daran gewöhnte.

Jedoch der Wunsch wurde mit einer solchen Energie in die Wirklichkeit gebracht, dass die Augen sich aus der Stirn herausdrückten, als ob meine Hitze gerade noch vorhanden war.

Alles ging verhüllt und still für alle vor sich. Diese Methodik des Fahrradfahrens war ab der Zeit normal, denn: „Sie war einfach". Voll Erstaunen schaute ich das E-Bike an, es gab nur einen Vergleich des Zustandes mit einem anderen und mehr nicht.

Aber ich unterbrach diese spärlichen Gedanken, um mich zu fragen, ob ich die schöne Landschaft zur Kenntnis habe, die wohl würdig war. Ich wollte alles wissen, alles selbst abschätzen, in der Hoffnung, die Erklärung würde für mich günstig ausfallen und könnte auf dem neuen Bike mit voller Kraft wieder durchstarten. Ich wankte aber noch, wohin die folgende Fahrt gehen sollte.

Ich fühlte so noch einen kleinen Schmerz, der einen widerlichen aufregenden Geschmack im Mund hervorrief. Ich hoffte, die Welt würde es nicht für ein wenig zu tollkühn halten, was mir mein Wissen befohlen hatte.

Was war es eigentlich, dass mein Herz entflammte. Mechanisch summten irgendwelche Songs in meinen Kopf, bestimmte meinen inneren Rhythmus. Allerdings blieb mehr in der Rübe aber die Bässe gingen natürlich in die Beine. Und doch war in Vaihingen an der Enz einiges mit mir passiert und ich hatte nun ein Pedelec gefahren. Dennoch wusste ich über die neue Wirklichkeit nicht viel.

Dann rief ich mich auf, wenn ich ein neues Pedelec bekomme, es tatsächlich nicht weniger entschlossen als dieses Rad zu fahren und zu bemühen.

Es hatte eher gedauert, bis ich das kapiert hatte, um nicht wegen irgendwas gleich nervös zu werden.

Ich sang weiter mit leiser Stimme und die Stirn neigte sich tiefer, dass beinahe ein Teil des Kopfs die Lenkerstange berührte.

Wie schnell war ich eigentlich? Die wahre Antwort war anständig und klar. Ich fühlte mich dabei sogar wie berauscht. Was hatte ich denn eigentlich für Spesen für mich erzeugt?

Und was, wenn sich diese Faktoren verdrehen? hm...

Auf diese kritische Analyse hatte ich noch keine Lösung. Ich werde mich indes schlaumachen!

Hoffnung und Ziele

Als ich in meinem Zimmer in Berlin ankam, und zu Bett gehen wollte, blickte ich erst in die Sterne. Ich hatte mir meinen beliebten Pyjama angezogen. Die Rollos waren ja noch auf und ich sag mir, lass mich in Gedanken erneut vom Radfahren träumen. Deshalb klangen solche Worte durch die Luft, die in der Tat für mich bedeutsam waren. Was wäre mittlerweile ein Erfolgsrezept für mich? Dadurch, dass ich dieses Fahrrad, in dem ich gefahren bin, zurückgeben musste, war ich allein hier gelandet?

Früher war es mir fast unmöglich, wenn ich unter allzu bitteren Schwierigkeiten versuchte, vernünftig zu fahren. Damit war es kein Heilmittel, worüber ich in einer gänzlichen Erzählung hier nicht berichten will.
Die Funktionsweise besteht darin, Muskeln, die im Einsatz wenig benutzt werden zu fordern. Damit werden die körperliche Fähigkeiten, wie das Vermögen Fahrrad zu fahren, erhöh. Doch mein Vorgang stockte damals, bis hin in die feinsten Fasern. Mir schien, dass ich eine hoffnungslose Aufgabe hatte. hm...

Aber womöglich würde ich auch nie mehr etwas schreiben können, wie in der Vergangenheit. Wie wäre es, wenn man jemandem dieses Geschick zeigen würde, dass auf eine ähnliche Weise untergegangen wäre?
So etwas war meine Eigenart. Anscheinend war mir aber bewusst, dass eine schwierige Zeit für mich

anbrach. *„Eine Lebensführung verbietet es, die Biologie erlaubt es doch."*

Übers ganze Empfinden entdeckte ich mehr, als mein Auge sehen konnte. Ich merkte, dass ich etwas herauskritzeln musste und für diesem Auslöser große Mühe hatte. War es eher absurd, dass ich trotz einer Lese- und Schreibschwäche wieder zu schreiben versuchte? Auf meinem Reader würde ich an geeigneten markierten Stellen stoßen, konnte ich doch sicher sein. Und nach den Mahlzeiten nahm ich stets eine Pille und trank dazu einen winzigen Schluck.

Manchmal dachte ich so einfach, wie der Wind über die Wiesen strich. Um meine Unordnung wieder zu gesunden, wollte ich mich oftmals fordern, denn die erste Hürde hatte ich bereits geschafft. Auf dem Schreibtisch faltete ich meine Hände und ich sah etwas. Irgendwas... Die Welt steht mir doch wieder offen. Aber was wäre mein eigenes Ziel, was könnte ich wohltun? Ich erhob mich bei diesen Gedanken oft vom Drehstuhl, trat an der Gaupe und betrachtete den gepflegten Rasen. Dabei nahm ich meine Brille ab, wischte diese Kunststoffgläser mit einem Tuch und setzte sie, meine Brille, abermals auf mein Gesicht.
Oft stellte ich mir selbst die Frage, wie ich meine Leistungen bisher hinbekommen hatte. Was könnte auch meine abfällige Geschichte noch hervorbringen?

Diese letzte Vorstellung war, dass ich selbst in der Lage sein könnte, mein Fahrrad zu warten. Dafür kaufte ich einen neuen Fahrradmontageständer. Das war eine gute Idee. Diesen Anlass, der ein Mensch formen kann und durch andere Auffassungen toleriert werden sollte, wollte ich festhalten. Was war der Auslöser meiner Neuordnung? Keineswegs musste ich lange nachdenken. Übrigens sind auch mir andere Neigungen egal. Dennoch lässt sich diese Angelegenheiten im Rückspiegel nicht so leicht erklären.

Schließlich bewegte ich die rechte Hand am Treppengeländer, holte tief Luft und stieg Stufe für Stufe in gefasster Ruhe vorwärts. Dabei stolperte ich über meine Füße und fiel auf den Tanzboden, ohne mir weh zu tun.
Als ich in die vertraute Küche eintreten bin, hatte ich gesehen, wie ich mich dann verausgaben sollte. Das dreckige Geschirr musste ich doch in die Spülmaschine stellen. Gleich verzog ich das Gesicht.

Wenn es mir passt, werde ich danach Duschen, fühlte gleich mit der Hand das lauwarme Wasser unter der Brause, die so wirklich richtig funktionierte. Anschließend entblößte ich mir den Leib und wusch mir aber erst die Hände. Dann seifte ich mich mit Shampoo ein und bekam prompt den Seifenschaum in die Augen. Dadurch zog etwas über mir wie eine weiße Kumuluswolke. Dennoch war ich zuletzt im Bett und war eingeschlafen.

Die anderen Tage kamen. Als ich vielmehr meine Eintönigkeit beenden wollte, dauerte es, bis mir einfiel, wie das geht. Dann notierte ich die Worte für mein werdendes Werk und schließlich steckte ich das Rüstzeug in eine gedachte Tasche.

Gänzlich in die Enge getrieben, kam ich bald in eine neue Phase der Veränderung. Ich hätte es nicht für möglich gehalten, doch es funktionierte ziemlich rasch. Meine dritte Story wies mir eine neue Rolle zu, verlieh mir auch Rechte und Pflichten. Ganz gleich, das beglückte mich mehr als alles andere.

Meine kleine Revolution, die für mich vorhersehbar war, brach endlich aus. Eine Antwort kam leise und scharf. Mit einem Zustand der Freude hatte es aber sogar zu tun.

Endlos entdecke ich auf den Bildschirm im Text stellen, die ich vorher erforscht hatte, aber wieder berichtigen musste. Vermutlich würde ich mit einem Allerweltsnamen, Müller oder Schmidt, einen ganz anderen Weg beschreiten, und dabei die Welt auch neu erkennen.

Als meine Energie zu Ende war, tippe ich am Rechner irgendwie, lehnte ich mich dann an die Sitzlehne und aß Obst.

Jetzt wäre die Sonne sehr angenehm, also drehte ich mein Gesicht ihrem Licht zu, lag doch wach, schlürfte Wasser und grübelte über den Abschnitt nach.

Für einen Fahrradversuch wäre an der Regattastrecke zum Müggelsee gut, dachte ich weiter. Inzwischen kannte ich die Chance dazu, war doch noch nicht Willens.

Halt mal! Wie in der Kindheit mich ein Ziegenpeter hinderte, kam es auch jetzt über mich. Mein Körper schaffte es immer.

„Okay, *sei kein Faultier*".

Ich nahm eine Figur in die Hand, wollte ihr Leben einhauchen und drückte sie schließlich fest. Letztlich war mein Ziel eine große Chance. Ich verzog aber keine Miene, zuckte nicht mit den Schultern und entdeckte wieder mein Kopf.

Ich entferne mich mit dem Rad, versetzte mir selbst gleich einen kräftigen Tritt, als wäre ich eine leere Milchtüte, sodass ich quer auf der anderen Straßenseite landete.

Dadurch hingen erstmal meine Arme schlaff hinunter, mein Zahnfleisch fühlte sich soeben wund an und es klemmte irgendetwas an meinen Gaumen. Endlos fand ich den kleinen Brocken zwischen Daumen und Zeigefinger.

Ich überlegte mir, doch die glanzvolle Strecke wirklich zu durchqueren, dann wäre die Wirkung nicht schlecht.

Dazu brauche ich Zeit und nur hohes Zutrauen. Am Ende stahl sich tatsächlich ein tapferes Grinsen auf meine Lippen. Ich empfand irgendwas Hübsches, was von Glück und Freude.

Das ist es!

Regattastraße zum Müggelsee

Das neue Leben, das losgehen könnte, kam an der nächsten Stelle. Kein Geheimnis! Dennoch klang es vielmehr in meinen Ohren wie eine Kampfansage. Ich glaube ganz fest, dass ich mit einer großen Leistung ankommen werde. Gleichzeitig wunderte ich mich, dass ich gleich eine kurze Verzeihung für mich haben wollte. Tatsächlich war ich aber schon mittendrin und ließ mich nun treiben. Erstmal montierte ich mit der Hand das Handy auf dem Lenker. Ich setzte mich schließlich auf den Sattel und brauste eine Weile herum.

Immerhin könnte es zu einer verzerrten Wahrnehmung kommen, weil ich wieder über meine Gänge hinaussprang.

Unter meiner Haut wurde es allmählich heiß.

Es müsste in der Tat für mich keine Kunst sein, die Anzahl der neuen Strecken zu verbreitern, die ich mit einem Drahtesel entlang gleiten könnte.

Der neue asphaltierte Radweg führt auf dem gegenüberliegenden Ufer. Zunächst blickte ich ins unordentliche Gebilde des alten Geländes von Rewatex, checkte aber gleich wissbegierig die Spur und stolzierte wie auf einem hohen Pferd dem existierenden Weg entlang. Doch die umgekrempelte Region war in Dunst gehüllt.

Seitdem verfolgte ich so das träge Treiben. Dennoch ich vergaß gar nicht, Spindlersfeld in meinem Gehirn mit Fähnchen zu markieren.

Wenn ich mir aber nur was über die *alten* Gewohnheiten erzählen wollte, könnte ich gleich wieder kehrtmachen.

Warum diese Zweifel? Soweit es mich betraf, wollte ich mit dem Spielchen, kein Stubenhocker sein. So bildete sich an meiner Seite eine durchgeknallte, aber korrekte Sehnsucht.

Doch dann war dieser Weg weiter als ich bisher dachte.

Bei diesem Manne war jetzt alles möglich? Ja, ich machte mir zum Ausdruck, als wäre ich mit solchen Fähigkeiten ausgefüllt. Mit meinem Auftreten würde ich schon den Typen zeigen, was ich mit der Herausforderung leistete.

Unglücklicherweise war kein Hinweis für den super Erfolg in Sicht. Der ganze Horizont war ja noch ein voller, weißer bis watteblaue Schleier.

Da fletschte ich meine Zähne im Sonnenlicht und schien mich selbst keineswegs zu verstehen.

Später wurde mir klar, dass ich meine Bekanntschaft mit der Spezialstrecke gemacht habe, ohne dass mir sie, diese Strecke, vorher als solche vorgestellt wurde. Ich drückte doch mit meinen Fingern auf den Lenker. Das war mir sympathisch, denn ich verfolgte neidlos mein Ziel, und setzte mich dennoch unter Druck.

Aber ich wollte eigentlich nur einen neuen Rundweg. Ich stellte mir vor, wieder zu starteten und über Köpenick, an der Regattastraße Grünau-Schmöckwitz, Gosen, Müggelheim, Rübezahl und zurück nach Köpenick zu preschen. Das Gelände sollte auf dem Weg schon gut sein. Also halte ich eher die Hoffnung, es würden sich Zeichen für einen armen Radfahrer finden. Nach diesem Weg hätte ich wohl prompt die Beine vom Körper werfen können. Den Mut in dunklen Zeiten das Richtige zu tun, hatte ich nicht verloren. Eine moderne Methode, die sich in meinem Geist nicht einsperren lassen wollte, musste her. Diese wollte ich selbst nutzen, um weiter kurven zu können.

Alarmiert wie nie, dachte ich wie geht´s weiter.

Ob nun eine neue immense Fahrradtour sich lohnt, war stets mein Gedanke, den ich im Stillen hatte und der mich damals erzittern ließ. Um mich war es jetzt still geworden, aber plötzlich trat ein kurzes Seufzen ein. Das wäre eine Angelegenheit zwischen mir und mein Ross. Während dessen vibrierte mein Puls umso mehr. Ich verblasste leicht, neigte meinen Kopf und dachte an die Gegenkräfte.

Wie eine kleine dunkle Wolke, die sich am Himmel bewegt, fühlte ich mich getrieben, um nicht dieser Rotation zu erliegen.

Endlich hatte ich den Mut loszufahren. Wer weiter zurück bleibt, hatte doch in der Marschroute noch gar kein Ziel erreicht. Ehemals kurvte ich an der Grünauer Straße auf der schmalen Brücke ohne Fahrradweg über den Teltowkanal.

Im Moment sah ich prompt eine neue Brücke mit Fahrradwegen. Gut! Ich fuhr schließlich weiter zur Regattastraße. Alles ist inzwischen einfacher, aber ich sollte weiterkämpfen, um meine Absichten zu erobern.

Ab der nächsten Kreuzung über die Wassersportallee gab es dennoch keine Fahrradspur! Als Alternative fuhr ich meist die Walchenseestraße entlang, bis die Tramschienen zusehen waren.

Noch nie hatte ich diesen Anblick mitbekommen und hatte dadurch ein verdammtes Hindernis vor dem Gesicht übersehen, um hier in dieser Ecke diesem Ding zu entkommen. Deshalb schob ich mit meinen Pedalen weiter über die Regattastraße hinweg. Als ich mich dann grade auf der Erde wälzte, fasste ich nun an mein linkes Knie und merkte einen leichten Stoß im Leib.

Prüfend guckte ich mein Rad an und ich wollte diese Tour unbedingt wieder fortsetzen.

Die schmale Straße endete für die Kraftfahrer, doch die Radfahrer konnten weiter den Weg benutzen. Der leichte Sturz hatte mir ein wenig Bärenkräfte genommen, die durch den Schwung des Fahrens wieder kamen, was ich unerschrocken gewollt hatte.

Fast täglich wollte ich mich nun mit meinem Stahlross beweisen, um mir am Ende des Mediums einen Segen zu erteilen. Mühsam zerrte ich mich über die Sportpromenade entlang nach Schmöckwitz, weil ich sonst eine niederdrückende Last bekommen würde.

Nach dem Adlergestell und der Anstrengung auf der Schmöckwitzer Brücke stieß ich ein leichtes Seufzen aus.

Einen Fahrradweg gibt es hier schon neben einer Fernstraße und ich wusste es, derartige Dinge hatten einen Zweck und für meine heilsame Wirkung einen Sinn. Nunmehr sehe ich den Seddinsee.

Alle zogen sich am besten Weg hoch, ich aber hatte schon vieles erlebt. Vor der Schleuße Wernsdorf konnte ich zur *alten Fahrrad- und Fußgängerbrücke* abbiegen. *„Dies war eher ein kleines Unterfangen"*, sagte ich mir unbeholfen mit der schweren Zunge. Mit meinem trockenen Mund wollte ich einfach sprechen. Ich musste absteigen und lallte aber glücklich herum. Als ein Querulant, dessen Nörgeleien sich noch nie bewahrheitet hatten, wollte ich auch hier nicht sein. Ob ich jetzt ein guter Typ oder ein wertloser war, wusste ich noch nicht. Aber ich dachte an den zurückgelegten Weg mit vielen Kilometern. Die Beine wollten jetzt wohl gleich zerfallen.

Damit minderte sich so die Fahrt, an der ich zwar nicht nach dem Willen, aber nach meiner Erschöpfung in der Tat zu zweifeln begann.

Über diese Dinge zu schreiben wäre dennoch reizvoll. Werde ich die Wegstrecke bis nach Müggelheim mit dem Drahtesel schaffen? Doch ich überlegte kurz, schöpfte Atem und wollte eigentlich erstmal kein Cafébesuch haben.

Diese Reaktionen, die mir um die Ohren flogen, mussten ich gleich in mir überwenden. Die kleinen Straßen waren jetzt für mich ein Genuss, war fast alleine und spürte so, wie sich mein Atem gemächlich bewegte, und ich empfand aber die Hitze, die von meinem Körper ausging.

Vielmehr hatte es lange gedauert, über diese Etappe zu kommen, und bei aller Wärme waren mir doch laufend Schweißperlen gekommen, allerdings wollte ich gar nicht umkehren.

Wenn ich so mit diesem Tempo weiterbestehe, werde ich dann neben der Gosener Landstraße ohne Frage ins Grab fallen.

Wenn ich in die Ferne sah, irritierte es mich und ich stellte im Augenblick fest, dass ich bereits döse. Dass ich schon solche Flauten hatte, kam nicht oft vor. Immerhin war es noch meine Spur auf dieser neuen Radtour. Aber meine armen Beine hängen mir fast zum Hals heraus.

Wie konnte ich ahnen, dass ich völlig ausgelaugt sein werde. Als ob es meine Schuld war? Okay! Schließlich gab es dann diese Bademöglichkeit am kleinen Müggelsee, doch ich fand, ich muss langsamer fahren.

Als Erstes sollte ich über Müggelheim den Radweg am Müggelsee ansteuern. Dennoch verstand ich es nicht, warum ich mich wieder motivieren musste.

Aber dann gab es einen Ort am Müggelsee und meine Zuversicht stieg, als die Sonne mich mit Wärme anstrahlte. Ich fühlte dennoch, wie die Beine wankten und raffte mich erneut auf zum Müggelschlößchenweg. Ich setzte mich fester auf meinem schönen Esel, und taumelte trotzdem mit schweren Gliedern über die neue Salvador-Allende-Brücke in Köpenick nach Hause.

Nun war ich bald bis zum letzten Rest meiner Kräfte entleert. Jedoch ein sanfter Wolkenschleier zog bis zu den letzten Metern vor meinem Fenster über den Himmel. An Punkt flirrte mir vor dem Gesicht mit leeren Augen.

Gute Worte wären jetzt Balsam in meine Ohren, dennoch warf ich mich ins Innere Getöse.

Mein neuer Vorgang war schließlich vollbracht. Der ausgepumpte Körper peinigte mich eher an diesen Tag, während mein Kopf streng Ordnung schaffen musste zwischen machbaren Absichten und meiner Gier. Doch die Atmung verändert sich und trieb mir wohl mit einem schönen Schmerz die Tränen in die Augen. Nach der Radtour von 48,85 Kilometer war der Gefühlsüberschuss enorm. Bald bewegte ich mich, in meinem Bademantel verpackt, ins Schlafgemach und setzte mich auf die Bettkante.

Ich musste mich nun Duschen und lehnte mich auf dem Weg an die Geländertreppe. Im Bad wusch ich mir erst die Hände, bis zu den Ellenbogen, reinigte mit der Handbürste die Finger und schließlich war der Körper dran.

Dann konnte ich auf der Terrasse ruhig ein Sonnenschirm aufschlagen und anschließend glänzen wieder die Augen. Augenblicklich legte ich mich auf die Liege, las ein paar Seiten und nickte ein.

Erst abends war ich aufgewacht. So weit war alles vollkommen, man konnte mehrere Sterne sehen, aber ich wollte schließlich im Zimmer sein, aß aber vorher.

Auf der Springfedermatratze und unter meiner Bettdecke war ich gleich festgeschnürt und endlich schlossen sich meine Augen. Ich hatte allen Widerstand aufgegeben, verschmolz mit dem Bettchen und verlor fast das Bewusstsein.

Zum Oberbruch im Spätherbst

Wohin die folgende Reise mit meinem Untersatz denn führen würde, wollte ich wirklich wissen. Aber warum war ich, denn immerzu auf denselben Gedanken kommen, an der Oder zu kurven? Über jene Landschaft wollte ich radeln, meine Stimmung war gut, weil ich es mit eigenen Kräften schaffen wollte.

In mir stieg tatsächlich immer stärker der Wunsch auf. Könnte es einen schöneren Schmerz geben, als in dem Odertal auf eine Fahrradbühne aufzutauchen?

Ich habe einfach einen Freund an der Oder-Tour gefragt, wir haben uns schnell verständigt und der kam mit.

Über Seelow, bis Küstrin war unsere Autofahrt, die Fahrräder waren auch geschnürt und zur Festung Küstrin wollen wir, Armin und ich, ja hin.

Der Rad-Weg ging im breitem Odertal entlang. Hier wollte ich nach meiner Wahrnehmung und Antrieb, mein Letztes geben. Vielleicht hatte ich schon vorher ein solches Wort fallen lassen.

Dieser Fluss ist übrigens die deutsch-polnische Grenze. Doch diese Reise ist mehr als nur einen Ausflug wert.

Fortan fuhren wir mit den Rädern an der Oder von Küstrin bis Lebus und das Ganze war durch ein leichtes Dasein bestimmt.

Durch die Lande zu schauen und auf der Mitte des Wegs zu sein, war auf diesem Stückchen angenehm.

Ein wenig überhitzte ich mich bei dieser Bewegung, aber meine Gesichtszüge wurden eher durch volle Ironie bestimmt, denn ich wollte doch jetzt baden. Den Abstecher muss man machen, auch wenn es hier menschenleer ist. Mitunter ruhten wir ein Weilchen im Schatten der Sträucher, dann ging es weiter und wir brausten einen nicht so engen Weg entlang. Ich hatte das Fahrrad, auf den ich mich bis zur Erschöpfung anstrengen wollte.

Hier meine Lebensgewohnheiten aus eigener Kraft zu ändern, forderte keineswegs den vollen Willen. Meine Aufmerksamkeit war den Sinneseindrücken gleichzusetzen, weil meine innere Absicht mich dabei neu verbindet.

Neben den Fahrwegen blühten die Kastanien, da sah ich augenblicklich ein Spatz in diesen Bäumen und hörte weitere, die ich eigentlich nicht sehen konnte. Aber dann war mir der Schreck in die Glieder gefahren, als ich neben einem schmalen Baum abwärts in die Tiefe sprang, und gleich musste ich mich auf die Erde setzen. Es wurde mir beinahe schwarz vor Augen.

Es war der Tag der interessanten Passagen. Die Strapaze konnten schön sein und das Wetter war wirklich ausgezeichnet. Paar Fehler von mir waren dennoch eingebaut, aber es machte mir Freude. In Wirklichkeit war für mich das Vehikel ein Produkt, dass mir beeindruckenden Fähigkeiten auslöste. Ich schaute deshalb meinen Körper an; der sich jetzt erhob und die Beine traten mit Bemühen auf diese Tretkurbel.

Es kam nun aber die Diplomatentreppe, auf der keine reges Leben war. hm… Mein Herr, sagte ich mir, bleich vor Erregung. *„Da gab's doch früher gar keine?"*
Was hatte ich hier vor. Da drauf verletzt man sich nur die Pfoten. Beschämt fuhr ich weiter, bis es mir schien, von Muskelschmerzen überrascht zu werden.

Aber was fehlt mir eigentlich, mummelte ich dünn vor mir hin: *„Soll ich vor Hunger sterbe*n?" Der Fall musste eh schnell abgearbeitet sein. Jetzt sah ich ein ansprechendes Lokal, das Anglerheim an der Oder bei Lebus. Wir setzten uns hin und sahen in die Karten.
Der Ober kam und ich bestellte eine Forelle blau und ein Pils.
Einen Augenblick glotzte ich wohl nach unten, um den verschmutzten Zustand meiner Fahrradschuhe zu überprüfen. Okay!
Dann lachte ich als wir, *gestrampelte Männer,* tranken. Anschließend kamen die vollen Teller. Ich nahm ein passendes Messer und eine Gabel, schickte mich die Forelle zu filetieren und aß sie mit viel Genuss. Ich leerte mein Bierglas in Windeseile und bestellte ein zweites. Doch als wir das Essen verzehrt hatten, kam schließlich die Rechnung, die nicht so teuer war. Ich war jetzt gestopft, doch es ging weiter.

Nebenbei bemerkte ich, dass mir kein Unglück widerfährt, wenn ein Elektrofahrrad meinen Weg kreuzt, so nehme ich das an. Mehrmals dachte ich bei der Begebenheit an ein Pedelec, und diese Gedanken tauchten immer wieder auf, saß ich nun. Zwingend musste der Typ, noch die Tour unsicher mit diesem vertrauten Rad fahren.

Ich stelle mir dann vor meine abgedroschene Frage: *„Was wäre gewesen, wenn ich mit dem E-Bike fuhr.“*

Der Unterschied war ganz einfach. Zuerst müsste ich alles im Auge behalten und könnte eine Menge von der Technik lernen. Schließlich drehte ich mich und zuckte die Achseln. Eigentlich gab es einen uneingeschränkten Anteil der Unterstützung, wenn ich in das Pedal treten könnte. Okay, ich hörte mir das alles ohne einen Gegenwind an.

Du bist jung, das ganze Leben liegt ja vor dir, ging mir durch den Kopf. Doch als es dann wirklich so weit ist, fehlt mir bestimmt bloß das innere Ventil? Etwas fühlte ich, wenn die Sonne durch die Wolken die Landschaft erhellt. Ansonsten geleiteten die Möwen über die Oder. Immerhin was meine Kraft betrifft, wenn keine enormen Fasern auch dagegen sind, wäre es trotzdem möglich.

Meine Beine zitterten, der Wind kam von vorn, den ich als eine mächtige Brise spürte. Es war die Oder-Tour über viele Kilometer, den inneren Druck abzulassen war geschehen und das hatte mich berauscht. Wie nah das Fremde einander sein können, geht mir jetzt nicht aus dem Kopf.

Da ich erschöpft sah ich nun vieles doppelt und hörte auch noch Stimmen. Der letzte Schrei, der länger anhielt, als die anderen, und sich endlich in ein kleines Klagen verwandelte, riss mich völlig meinem Denken.

Ob ich irgendwie vorher glaubte, dass nur die Beine die Tour schaffen müssten. Grade existierte in meiner Rübe ein Durcheinander, die Schwelle der Konzentration war eigentlich erreicht. An jeder noch so kleinen Stelle, spürte ich nun die Knochen und ich schnappte nach Luft. Tja, mir platzte fast der Kopf. Aber die Rückfahrt mit dem Spritfresser, das Auto, war zum Schluss gut und auch diese Vermutung traf durchaus zu.

Ich war froh, dass ich wohl zurückgekommen war und nach diesen bunt-gemischten Gedanken zog ich einfach die Tür vor der Nase der anderen zu. Ich war abgekämpft, aber an ein Nickerchen war keineswegs zu denken. Deshalb legte ich die Hand an den Rand meiner Brille und guckte ein wenig auf meinen Schreibtischstuhl. Es half nichts, ich konnte eher nicht mehr klar denken. Erstmal ging ich in die Küche und machte mir Tee. Später nach zehn Minuten schlief ich schließlich, den Kopf auf meinem schönen Kanapee, ein.

Pandemie zum neuen Pedelec

Später war ich völlig wach, im Zimmer lief Musik, denn die Anlage spielte für eine lange Zeit nur meine Songs. Auf meinem Kinn und meine Wangen sprossen nach paar Tagen karge Stoppeln. Dadurch spielte ich oft mit den Fingern an den Haarfranzen.

Aber allmählig entwickelte sich in Berlin die Pandemie im März Zweitausendzwanzig. Doch ich war keineswegs betroffen. Ich entschloss mich einen ruhigen Ausweg zu suchen und wollte schließlich mit dem Drahtesel wieder den steilen Weg an den Gärten der Welt hinaufbewegen, jedoch unverhofft blieb er stehen! Ich blickte erneut zum Horizont und traute meine Augen nicht.

Als ich im Schatten dann zuhause kam, lungerte ich auf der Schaukel im Garten, wo ich nunmehr paar Gedankenblitze erlebte. Ich konnte doch nicht einnicken, denn es war sehr einprägsam. Später aß ich etwas und wollte schließlich im Zimmer hocken. Es war augenblicklich übertrieben, dass ich nun im Schlaf ruhte, aber wach im Bett lag und dort liegen konnte. Okay, dagegen träume ich stark...

In Gedanken hatte ich doch schon vergeblich versucht, mit dem Rad den steilen Weg zu beherrschen, dabei mehr auf dem Sattel zu sitzen und den Blick einfach aus der fernen Erinnerung zu halten. Ich regte mich auf, denn ich könnte es zu jeder Zeit versuchen.

Wer bin ich eigentlich? Kann ich keineswegs auch noch andere Gegenden durchqueren?

Entweder werde ich Reserve oder erneut an der Front sein! hm… Schließlich sind wir, die Menschen, nur ein Träger von Genen von Generation zu Generation. Wie ich fühlte, sollte wirklich so oder so mein Leben vergehen?

Als ich dann aufwachte wieder mit der Daunendecke über meinen Leib im Bett liegend, wollte ich, irgendwie versuchen aufzusteigen. Schließlich fasste ich Mut, packte die Bettdecke beiseite und neigte mich zum Fenster raus. Ich war halbwegs munter, stand in meinem Zimmer und wusste zuerst nicht, wie man den Morgen nutzten sollte. Aber eine Unruhe schien noch zuzulegen und trieb mich weiterhin nur herum! Meine Klamotten hatte ich sorglos neben das aufgewühlte Bett geworfen. Doch bald sprang ein Gedanke wie ein Lichtstreifen am Horizont hervor und trat ein Lächeln auf mein Gesicht. Ich bemühte mich, wagte mehr und wollte einen großen Schritt machen. Weil ich allein war, wollte ich jetzt lieber Fahrradfahren. Erstmal frühstückte ich, nahm das Gefäß und blickte mein Milchschaum an. In der Tat, der war unanständig gut. Jedoch mir würde vermutlich der Schädel platzen, wenn ich mehrere Kaffeetassen in mir in meinen Bauch hätte. Daran sollte ich mich in den nächsten paar Tagen erneut erinnern.

Ich zog die Weste aus, setzte mich, überkreuzte meine Beine, setzte meine Brille auf der Nase, rückte die Tastatur auf dem Schreibtisch zurecht und begann nochmals nachzudenken. Keine Sorge! Auf der Welt laufen gerade so einige Dinge. Was ich mir schon bisher erdacht hatte, schien es nun mein Weg zu erhärten.

Ich hatte die Techniken oft durchdacht und die eigene Kontrolle erweitert. Ich sollte mir jede Position ansehen, die dafür sorgt, dass mir schließlich in keiner Lage jene Komposition meiner Eigenart abhalten kommt. Um jede Leere zu füllen, kümmerte ich mich schon.

In dieser Mischung sind für mich die hydraulischen Scheibenbremsen, der Leerlauf und die achtfach Kettenschaltung eigentlich keine Hürde. Als Alterative könnte ich auch die Nabenschaltung nehmen. hm… Womöglich wären meine Vermutungen dafür falsch! Aber warum sollte ich mit einer schweren Batterie hier herumfahren? Okay…

Obwohl ich meine Worte genau überprüft hatte, war im Fahrradladen alles bei jedem kleinen Risiko durcheinander gegangen. Ich drückte mich höflich aus und sehnte mich danach diese Idee darzustellen. Was ich nun aber dachte, kostete mindestens zweitausend Euro.
Wenn jemand diese Einfälle durchstöberte, geriet ich bestimmt zur Kreatur. Das war nicht meine Absicht; ich fühlte mich zum eigenen Erstaunen nicht gehemmt. Als Mutprobe mit besonderem Kitzel, kaufte ich das wertvolle Fahrrad. Verwundert bewegte ich den Kopf hin und her.

Wenn ich einen ausgesuchten Weg vernünftig wählte, konnte ich unkompliziert die Probefahrt starten. Ganz gleich, wohl besaß ich das nötige Gewicht und Wissen. Ich machte mich schließlich mit geradem Rücken davon. Nein! Irgendwie gab es dazu bei dieser Mission mein Biker Lachen.

Keineswegs war ich nun verwirrt, wie ich mit dieser Idee damals herausrückte. Unter allen Umständen wollte ich auf meinen Wegen es jetzt nutzen.

Meine Gesinnung lebte in mir weiter und der Kauf kam näher.
Da ich dem Elektrofahrrad nun vertraute, war ich wohl guter Dinge. Der junge Angestellte könnte die Geldscheine entgegennehmen, damit ich in Wirklichkeit dieses Ross bekommen werde. Der kommende Vorschlag sah für mich wie ein Vergleich aus. Ich sollte mich freuen!

Dabei waren meine Mittel begrenzt, ich brauchte einen klaren Kopf, nur nicht halluzinieren. Wozu denn?
Ich hatte den Eindruck die Bewegungen auf dem Rad sind hautnah und erstaunlich präzise.
Überraschend besann ich mich und bezwang mich wohl mit dieser schönen Last. Ob ich damit tatsächlich verschwinden konnte? Wie ein Narr sagte ich zu mir: *„Was für ein Glück"*. Ich dachte, es könnte so meins werden.
Doch zur Verbesserung für meine Person waren Schläuche mit Autoventilen nötig sowie die Bremshebel für die Scheibenbremsen zu vertauschen.

Ich hatte von all dem doch meine persönliche Ahnung und der kleine Umbau wurde vom Fahrradladen geändert.

Ich hatte dieser ungeheuren Macht keineswegs widerstanden, denn in mir war abermals alles in Aufregung geraten.

Ob ich zum Bezahlen wiederkomme, denn bei dieser Gelegenheit wäre für alles eine Masse Geld weg. Trotzdem startete ich lieber zum Bezahlen. Na klar!

Schließlich war ich dann mit dem Pedelec in Köpenick neben dem Rathaus am Spreeufer, setzte mich mit hüpfendem Schritt draußen ins Café und bestellte etwas.

Währenddessen leckte ich mir mit der Zunge über die trockene Unterlippe, zog gleich eine Handvoll Kleingeld aus meiner Box und warf es beschwingt auf den Runden Tisch. Einen Augenblick starrte ich die Kellnerin an, denn ich sah sie gewiss noch einige Male.

Unerwartet guckte ich plötzlich eine fremde Fahrerin mit Elektrofahrrad an. Während ich den Wachmacher trank, beruhigte ich mich, um mich abzulenken, musste ich an irgendwas anderes Denken. Dann sah ich mein schönes neues Bike und an diesen Zehnten Juli genoss ich alles.

Meine Vorstellungskraft wollte aber mehr und solche Ideen beschäftigten mich wohl. Das war eben schon ausgesucht, da ich auch die Schrader-Ventile für das neue E-Bike hatte. Ich versuchte nun Fahrrad zu fahren, um wohl an der nächsten Tankstelle die Luft für meine Reifen testen zu können.

Weil ich neugierig war, wollte ich erstmal selbst sehen, was meine wirkende Kraft ausmachte. Dabei erschrecke ich mich über meine krasse Art. Dagegen gab es jetzt ja keine Geister mehr.

Als können sie den Moment nicht wirklich ertragen, kniffen sich die Augenlider spontan hintereinander zu.

Ich hörte nebenbei ein neues ausgefallenes Geräusch, vom rollenden Pedelec. Es machte eher ein kaum wahrnehmbares Brummen, dass wie ein rauer, milder Luftstrom, der durch einen schmalen Tunnel aus Filz düst, klang.

Solche Eindrücke lösten sich allmählich bei mir auf und meine Zunge tastete die einzelnen Zähne, die Wellen des Gaumens sowie das abgelegene Zäpfchen, bevor die letzten Reste der Fahrt zerfielen.

Aber welches Gefühl hatte ich jetzt? Okay, allerdings konnte dies Frage meine Erregung des Erstaunens nicht unterdrücken.

Ich löste mich ohne Erwiderung vom Elektrorad, um doch nur auf einer anderen Seite stehen zu bleiben und aus dieser Perspektive jedes Design des Rades beobachten zu können.

Unweit von mir, entfernt war nun ein passender Lithium-Ionen-Akku, der mit vierhundert Wattstunden das Fahren unterstützen wird. Dennoch wenn ich mich nicht täuschte, bleiben meine Beine bestimmt verantwortlich!

Eigentlich machte es ganz den Eindruck, als stehe ich grade vor einer wilden schönen Phase. Nie konnte ich vorher wissen, wozu es so gut war. Ich war vor Freude nicht blass geworden, meine Glieder flogen und mein Mund schlackerte.

Ein wirksames Pedelec fuhr ab sofort mit mir.

Sei aufmerksam auf dem schnellen Rade, denn schon morgen werde ich nochmal dies wieder versuchen.

Eine Runde mit dem Neuen

Als ich nach langem Schlaf erwachte, war mehr meine Eingebung, die ich vorher überlegt hatte. Doch geweckt wurde ich durch einen Zufall. Es lag an der Feuchtigkeit und der Himmel war fast dunkel. Dazu deckte ich mich noch einmal mit der Schafdecke zu. Ein Gemurmel des Erstaunens durchlief mich wie ein schöner Schauer in diesem Umfeld. Klamotten, Fahrradsachen und Turnschuhe würden mir reichen, um ein zufriedenes Leben führte. Ein solches Leben wäre selbst ein Gewinn. Wenn ich früher gewusst hätte, was ich derzeit weiß, hätte ich schon lange alles darangesetzt, es zu tun. Was machte ich jetzt? So werde ich keine Ruhe haben und es wäre, als hatte ich wieder die Sprache verloren. Wie angegossen sollte gegenwärtig alles genau passen, dachte ich.

Ich sprang aus dem Bett, lief ans Fenster und sah im Geiste wie die Tour auf mich zukam. Nachdem ich Frühstück hinter mir hatte, schwang ich mich aus meinem Unterschlupf direkt auf das Rad.

Aber vorher, steckte ich mir eine Clementine in den Rucksack. Schweigend schob ich die Füße in die Fahrradschuh, drückte heftig gegen die Gartentür und es ging los. Gewiss, die Fahrt war ein kleines Risiko und ich beobachtete mein Neues ziemlich genau. In meiner Stärkte besaß ich genügend Einfluss, um in der Situation die Kontrolle zu besitzen.

Weil ich irgendwas brauchte, durchstreifte ich nun das Forum-Köpenick und kaufte einige Kleinigkeiten. Einmal angelangt, verbrachte ich hier schließlich eine gute Stunde.

Eine längere Fahrt mit dem Pedelec nach den Wäldern wird mich zerstreuen. Dabei führte ich gleich mit erprobten Haltegriffen den Vorgang an meinem Neuem aus.

Diese Handgriffe führen mich in der Tat in mein gutes Rad-Leben ein. Wie befreit sehe ich aus.

Jedoch mit den beiden Augen war so gut wie kaum etwas zu sehen, weil ich sie momentan zusammenkniff, um das grelle Licht zu ertragen. Doch ich hatte keine Lust zu sprechen, weder als einzelne Worte noch als ganze Rede.

Neben dem Rathaus-Köpenick werde ich am Ufer vorfahren, sehe am Köpenicker Schloss und werde über die Lange-Brücke nach Grünau, anschließend über die Regattastraße nach Schmöckwitz, Gossen, Müggelheim, Rübezahl und dann zurück S-Bahnhof Köpenick fahren, war wieder mein Plan. Über die neue, schon gewohnte Brücke sollte es wieder führen.

Das einfache Fahrrad wäre eigentlich dienlicher gewesen. Aber was sollte ich jetzt mit dem *Neuen* bleischweren Ding? hm...

Dennoch könnte es mir bei meinen Kilometern keine Probleme bereiten! Als Glückzustand spielte es nun eine immense Rolle, denn die Luft flimmerte vor Hitze und meine Beine sollten mehr geben. Immerhin es wird ja allgemein verteidigt. Tja... Ich war auf dem Rade etwas beschwingt, denn so wären die Dinge aus der Nähe zu lösen, eher geeignet. Aus meinem Erwerb ergaben sich neue Fähigkeiten.

Hierzu war ein Mittelmotor verbaut, durch den sich längere Kurse zurücklegen lassen. Aber, die Höhe des Sattels passte mir dennoch nicht. Ohne Werkzeug ist hier grade nichts zu machen. Okay.

Gegen den Luftwiderstand beugte sich tief eine Gestalt über den Lenker, um zu sehen, wie die Zahnkränze des Rades sich drehen. Der Motor brummte wie ein Kraftpaket. Ich sauste durch die Gegend und strahlte ohne Atempause viel Gelassenheit aus.

Da ich in Eile war, bewegte mich rasch mit leichter Fahrt zu meinem Ziel.

Schon bald donnere ich an allen anderen Rad-Typen vorbei und entfaltete eine beeindruckende Motivation zum eleganten schnellen Fahren.

Ich stützte mich auf das Gefährt, radelte schwarzgekleidet, um dieses Gewässer, den Seddinsee, zu sehen. Dort stolzierte ich mit meinem verrückten Kopf und funkelten Augen, und schien die Blicke anzuziehen.

Alles ging wie gewöhnlich vor sich. Könnte es sein im Fahrradbereich zu einer Monopolphase zu werden? Eine Veränderung spürte ich bereits, da ich zum Besseren gelaunt war.

Die Nabenschaltung ging für mein Elektrorad verloren! Aber niemand geschah dadurch ein Leid aber mein Gewissen zwickt doch ein wenig.

Ich, der einsame Pedalreiter, hatte jetzt keine heitere Stimme mit schönem Klang. Richtig… Aber nun bitte nicht so weit!

Ich trat den Rückzug an, und ich sauste ohne Probleme mit meinem Pedelec. Für mich war es ein Gewinn und brachte mir wieder meine volle Zuversicht. Lass mich doch noch ein Wort mit mir selbst reden. Nein, dachte ich. Ich möchte nur mehr wissen, als ich bis zu diesem Zeitpunkt wusste.

Allerdings war ich schon in Schweiß gebadet, weil ich der Strecke entronnen zu sein glaubte und meinem Heim nähergekommen war. Ich hörte nebenbei, wie ein Mensch vor Erschöpfung tief einatmete.

Doch, ich war dann in Rübezahl. In dem Biergarten wimmelte es keineswegs von Gästen, aber ich setzte mich ins Gartenlokal. Dort fuchtelte ich mit den Armen und versuchte auch mit Worten, mich bemerkbar zu machen.

Ich wählte ein kleines Bier und bestellte dieses. Erstmal musste ich dann einen Schluck nehmen, um die Kehle nass zu machen.

Ein ausländisches Ehepaar hielt jedoch Früchtetees in der Hand. Ich ließ mir Zeit mit meinem Pils und leistete mir eine vertraute Brezel. Doch das Gebäck wollte ich keineswegs mitnehmen. Schließlich genehmigte ich mir das alles und verzerrte es einem großen Vergnügen.

Dennoch man hatte die kleine Sorge, dass ein neues E-Bike gestohlen werden könnte. Ich machte mit den Augen ein Funkeln, das keinen Zweifel in der aufgeweckten Welt übrigließ. Dabei roch ich eher nach Knoblauch. Mein Hopfentee mit Geschmack war aber kühl, frisch und trank sich ausgezeichnet.

Ich war mir der neuen Rolle auch bewusst und machte mir demzufolge Signale für die Fahrt durch die bekannten Wege.
Alle meine rationalen Anstrengungen stellte ich mir schon im Eilzugstempo vor. Eigentlich war es ohnedies kein blinder Glaube, denn es bewahrheitet sich und war immer wiederkehrend. Dabei zog ich aus dem Fahrrad eine neue Geschwindigkeit heraus und schnäuzte mich sogleich vor Aufregung.

Vertrauter wirkte mir mein Körper, denn kurz zuvor hatte ich ein kleines Getränk genommen, so dass nicht irgendwas passieren könnte, aber damit breitete sich sichtbar ein gewisses Etwas in mir aus.
Als ein flotter Flitzer im Alltag war ich vor allem sicherer mit dieser Ausgangslage. Ich wollte nun nach Köpenick fahren, aber wenn ich auch im Spreetunnel Friedrichshagen fuhr, gäbe ich einen Laut von mir.
Auch das sollte mich irgendwie bestärken, denn bei mir herrschte lieber kein Erlass von zusätzlichem Aufwand. Durch die früheren Erzählungen hatte meine Neugierde das höchste Ziel erreicht. Es hatte eher gutgetan, die Fahrt auf dem erneuten Drahtesel zu machen. Alle diese Dinge trugen dazu bei, mir lebhafter zu machen, als ich es je gewesen war.

Aber, ich traute kaum meinen Augen, als mein Blick die Wuhleblase erreichte, denn neben diesem Gewässer floss kein Wasser auch darunter sickerte nichts mehr. Oh je, …

Wenn ich mit meiner Arbeit fertig war, hatte ich nun zur Auswahl zwei Räder. Zuletzt gewinnt am Ende der, der sich das größte Glück erträumt, was auch für mich irgendwie gleiten könnte. Wenn sie wüssten, wie ich mich fühlte, wie stark jede Beeinflussung war, und ich ohne Seufzen auf meine Kosten kam.

Mein aktueller Stand aber verurteilte mich keineswegs zur Anspruchslosigkeit. Als Biker fuhr ich nun in dem Gebiet, bog in meine Richtung und durchquerte die Wuhle.

Schließlich fehlten mir die Worte, weil ich es wie eine Erlösung empfand. Oder, weil ich möglicherweise zu einem Idioten geworden wäre.

Durcheinander

Eine grenzenlose Frische übermannte mich. Unauffällig versuchte ich auf die Smartwatch zu sehen, weil ich so bald wie möglich wegwollte. Doch die dunkeln Wolken zerrten an meinem Leib. Ich fühlte, wie das Blut in meinen Schädel stieg und die Schläfen einfach brummten. Was ist das? Plötzlich keimte ein giftiger Ton in meinem Gemüt. Ein Weilchen blieb mein Kopf unbeweglich und entzog mir einen kleinen Augenblick die Worte. Offensichtlich erahnte ich, dass irgendwas nicht stimmte, und überprüfte erstmal das Fahrrad. Danach zog ich die Fahrradjacke aus. Okay.

Durchaus unterscheidet sich die modere Technik durch eine Kombination von wesentlichen Eigenschaften.

Mir war, als erzitterte in mir ein einzelnes Gebäude und danach verschwand es sogar einfach? Schließlich zuckte ich zusammen und überlegte erneut einige Minuten.

An irgendeiner Stelle zog eine weitere schwarze Wolke vorüber. Aber warum gab es das Ärgerliche nur in meiner Welt?

Ein *kleiner* Schmerz prägte sich in diesen Zügen aus, ich ergriff den Lenker des Rades und murmelte schnell ein bejahendes fragendes Wort. Obgleich ich angespannt war, hielt ich nicht die Ohren zu. Ich rief: *„Ja, ich höre etwas."*

Diese Augenlider wollen nicht zur Ruhe kommen. Rechnete ich mit dem Schlimmsten? Das Getriebe knirschte leise und ich merkte bei paar Bewegungen am Lenker auch ein Quietschen. Okay, während ich das lädierte Pedelec aufs Kreuz stellte, wisse ich über den Umfang noch nicht Bescheid. Wenn die Gedankenläufe stimmen, kurven alles auf meine Handhabung zurück. Da roh ich den Geschmack der Nachbesserung, hob den Kopf mit einer gewissen Anstrengung in die Höhe, in dem ich den Erfolg vielleicht erhoffte. Mit großen Augen suchte ich dann in der Gartenlaube. Schließlich fand ich das robuste Multi-Werkzeug.

Um das Fahrrad in Ordnung zu bringen, nahm ich die gleiche Sorgfalt an und stand im Garten mit hoher Disziplin.

Mittlerweile dachte ich, *„Es ist ein schönes Werkzeug."* Dennoch, es sah ja aus, wie in einem zerpflügten Werkzeugkasten und das mein erstrebtes Bike. Ein beunruhigendes Lächeln, preschte über die getrübte Szene, als ich mit der gestreckten linken Hand diese Haare an meinen Kopf berührte. Doch, geht diese Lösung auf?

Die Radgeschichte, wie sie eher dargestellt werden müsste, umhüllte mich schon und zweifellos waren dann die Ungereimtheiten einfach unerträglich. Mit funkelten Augen streckte ich die Hände nach dem Lenker und sagte tatsächlich wie ein kleines Gespenst: *„Ich muss wieder fahren!"*

Meine Heimat, die mal in Glück oder mal in Pech schwimmt, trübte doch eine Zorneswolke auf meiner Miene.

Ich wiederholte einige durchdachte Handgriffe mit einer gewissen Würde und wurde in der Tat dabei ein wenig bleich.

Dennoch nein, ohne Zweifel täuschte ich mich und wurde von einem Traum verführt.

Was war mir dann an dem Gefährt geholfen? Diese Frage, die meine Zähne knirschen lies und meine Knochen zu zerreißen schien, beschäftigt mich jetzt.

Erstaunte über deine Beharrlichkeit, erwiderte wohl jetzt meine Wenigkeit, die ich aber nicht begriff. Dabei schaute ich noch aufmerksamer mein Rad an. Ich sah, ich sollte mal auf den passenden Steuersatz gucken und vielleicht neu justieren.

Danach nahm ich einen krassen Schluck und spülte gleich den Mund.

Ich sagte mir selbst, lasse ich mich trotz einer solcher Anziehungskraft, die ich frei werden könnte, zurückhalten?

Durch dieses Wort in meiner Erinnerung zurückversetzt, befand ich mich wieder bei der Idee nach dem perfekten Elektrorad, allerdings die Welt erwartete, dass ich fahre. Langsam sollte ich zum Ende kommen.

Ich sagte mir in dieser Zeit: *„Ich muss einen Beschluss fassen und nicht daran rütteln."* So musste ich erst einen Montageständer und ein Drehmomenten Schlüssel kaufen. In solchen Dingen täuschte mein Eindruck mich nur selten, ich hatte es im Blut.

Mit einem Mal sah ich mich als Radmensch nunmehr entblößt. Aber bald war das Kettengetriebe wiederhergestellt und zuletzt sollte ich noch die Scheibenbremse nachstellen. Eigentlich kannte ich nur die traditionelle Felgenbremse.

Ich hob den Kopf und presste mit einiger Kraft die Nase mit den Fingern zusammen. Schließlich, geschafft...

Ich hatte ja auch noch einen normalen Rotz. Wie sollte ich den aushalten, denn praxisfern wollte ich dagegen eine kleine Sause machen.

Dazu hatte ich fast einen Platten, was keinesfalls schön war. *„Wo ist erstmal meine Luftpumpe?"* hm... Wenn es denn sein muss, fiel mir nichts Besseres ein als zu fragen.
Meine Stimme klang wieder vertraut, denn der Schnupfen ging vorbei. Tja, was grinste ich hier schon zu diesem Zeitpunkt?
Okay, aber vorher sah ich in der Küche am Esstisch einen Thermobehälter und ich stand nun daneben. Tomatensaft könnte Krebsrisiko senken, doch ich trank vorher solchen Saft aus einer Tüte. Dann holte ich meinem Rucksack, der bei mir mit Einzelheiten von Utensilien vollgestopft war. Da dachte ich mir, ich nahm eher Tee zum Mitnehmen.

Es ging los und ich hatte wirklich zum Fahrradfahren immer warme Hände, selbst im Winter.

Rundweg im Plänterwald

Es kamen sicherlich ein paar Dinge dazu. Ein Schleier, wie Watte, legte sich über den Fluss, die Wuhle und ein Weilchen hielt sich der Nebel noch.

Endlich verschwand er, der weiße Rauch, in der frischen Morgenluft. Doch die Sonne strahlte bereits und die grünen Ahornbäume warfen ihre Schatten auf den Kaulsdorfer Busch. Gerade rieb ich mich im Gesicht mit der rechten Hand, zog die Kleider an und trank ein Glas stilles Wasser.

Als mir dann beim Frühstück, während einen kritischen Blick die schlaue Uhr, die um meine Hände gebunden war, auf dem Terrassen-Boden glitt, sagte ich gewiss „Auweia".

Kurz vorher hatte ich mir diese neue Smartwatch zugelegt.

Die aufgebrachte Hoffnung und die üppige Euphorie waren plötzlich in mir beeinträchtigt, mitunter blüht ein neues Leben nicht auf. Die Handhabung des Umlegens könnte ich mit der schlauen Uhr auf meinem linken Handgelenk trainieren, und dann meine Fahrradzeit aufnehmen.

Immer wieder hatte ich die Plänterwald Tour über Volkspark Wuhlheide gefahren. Am Bahnhof Berlin-Wuhlheide lenkte ich jetzt zum Freizeit- und Erholungszentrum.

Ich erinnerte mich schon, dass ich mit dem Fahrrad mal die Schmalspurschiene geraten war. Mein Sturz war passiert, aber es war nichts Ernstes. Inzwischen ist der Übergang bereits bemacht. Es gibt allerdings eine bedrohliche Stelle, die ich immerhin kenne.

Auf der Minna-Todenhagen-Brücke am Plänterwald nahm ich gerade Kurs, fuhr auf die Kreuzung und kurvte dann durch den menschenleeren Treptower Park.
Schließlich musste ich im Segelschiffrestaurant Klipper kurz doch verweilen, setzte ich mich ins Freie und nahm ein kühles stilles Wasser.

Stumm wie ein Fisch könnte ich trotzdem weiterfahren, ich drehte meine Lippen und murmelte, *„Knabberzeug wäre keineswegs schlecht."* Ich guckte einfach zum Nebentisch.
Ob ich mich in diese junge Frau verliebe? hm... Die fremde Dame kostete gerade eine gerollte Havanna, musterte erstmal diese zwischen ihren Fingern und runzelte die Stirn.
Dann lächelte sie genießerisch und hob die Zigarre. Zuletzt säuberte sie sich den Mund mit der Serviette, dabei hinterließ sie eine Spur ihres Lippenstiftes. Doch das hätte mir bestimmt nicht geschmeckt, deshalb nahm ich endlich einen Schluck und stellte das Glas wieder auf den Deckel.

Ich will mich nun aufraffen und ich will mich auch bewegen. Schließlich kurvte ich von hier an mit diesem Vehikel auf die Elsenbrücke. Vor der Brücke blickte ich außerdem auf die Warteschlange den kombinierten Fuß- und Radweg, der die Enge am Bug meines

Fahrzeuges stand. Die Enthüllungen über meine Fertigkeit, hatte ich aber kein Auftrieb.

Wenn der Wochenendverkehr steht, kann es doch im Sommer vorkommen, dass für mich die Fahrradspur zu voll wird. Es war wie ein Nadelöhr, drückte ich oft auf die Klingel, wenn ich im Treptower Park durch die Menschenmassen wollte.

Abends um achtzehn Uhr zu fahren, ist aber etwas besser, zu dieser Zeit ist ein wenig leerer. Ist eine Lösung gegeben, wird hier das Bestreben fühlbarer und die Unfähigkeit nicht bewahrt. Es wäre ein schönes Ritual. Bei mir hatte es dann doch gereicht, weil ich schon oft hier gewesen bin. Es war mir bestimmt, die Welt mit dem Fahrrad zu erkunden? Aber die Freude über die Vorteile und die Kenntnisse die meine Arbeit als Drahteseltyp erzeugte, ging mir fast so nah, dass ich mich weiter in rotierenden Bewegungen üben wollte. Darum habe ich auf die Überholspur der Evolution zu einem neuen Elektrorad gewechselt.

Bei der Rummelsburger Bucht fuhr ich dann neben der S-Bahnstrecke, vorbei der Betriebsbahnhof Rummelsburg und zum S-Bahnhof Karlshorst.

Ich war ein sorgloser Bewohner, hatte knapp fünfzig Jahre gelebt und besaß im Moment zwei Räder. Was will man mehr! Ich öffnete den dritten Knopf am Hemd und könnte mit der Lücke leichter mehr atmen.

Okay, ich trat stärker in die Pedale und erreichte meinen Zeitrahmen. Wenn ich konnte, betätigte ich mich während der heißen Phasen.

Mit meinen langen Beinen musste ich flott die Geschwindigkeit auf der Tretkurbel bringen. Dazu werde ich Nebenstraßen fahren, bis ich die U-Bahn-Linie U5 erreichte.

Gerade war ich dicht neben der Hochschule an der Treskowallee. Mein Erleben als Maschinenbaustudent werde ich bestimmt nie vergessen.

Also, es bleibt nur die Frage, wie lang einer aushält, so in das Fahrrad zu treten, dass die Geschwindigkeit hoch bleibt. Mein Geistesblitz war so in mir wie eine gefühlte Ewigkeit nur nach vorne getrieben. Es tat gut, dass ich Hals über Kopf immer wieder endloses Fahren einlegte, dabei sah ich das Rad an und merkte, wie ich nach und nach das Vertrauen in meine Art gewann.

Wenn ich heute, Räder betrachte, verstehe ich, warum mich stets ein erstklassiges Vehikel so bewegt hatte.

So einfache Gedanken finden sich auch in mir, die, sobald der Wirbelwind zum Lüftchen geworden ist, erneut zu einer Leidenschaft im Gefühl des Seins, auf den Wegen mit dem Gefährt werden kann.

Solche Empfindungen wollte ich, wenn ich sie zum Durchbruch verhelfe, für ein Weilchen beibehalten.

Bis zur Rückkehr, die mich wieder auf meine Bahn brachte, verging noch einige Zeit, in der mich mein jetziges Pedelec vorantrieb.

Auf meinen Wegen erreichte ich schließlich auf meinen Sattel sitzend die Schmetterlingswiesen, die Tour gefüllt haben. Ich konzentrierte mich wohl, auf alles, was hinter und vor mir lag.

Ich verbachte einen wunderschönen Tag und hatte Gelegenheit, viele Fleckchen zu entdecken. In diesen Augenblick musste ich irgendwann an meine Grenze kommen, die ich nun empfand. Dabei vergaß ich, den Sonnenuntergang zu erfassen. Aber jetzt könnte ich mich auch mit dem Rad fallen lassen. Schließlich lenkte ich auf dem Heimweg und es ertönte in meinen Ohren schon die leise Musik.

Tatsächlich bin ich dann zuhause und werde zu langsam müde. Das Wesen stand nun unförmig in meinem Zimmer, aß eine Portion und wollte mich gewiss auskleiden. Aber vorher verzerrte ich Brot, Butter und ausgetrockneten Fisch, was ich mir alles auf dem Tisch vorstellt hatte. Es war mir so gegeben.

Wahrscheinlicher war schon lange Schlafenzeit, als ich bekleidet mit einem Pyjama ins Bett wanderte. Dennoch dachte ich beim Einschlafen an was bestimmtes, dass ich leise vor mir hin brummelte. Die Nachtlampe brannte noch bis zum letzten Zeitpunkt meiner Vitalität.

Planschen

Innerlich trägt jeder von uns ein kleines Feuer, das unserem Leben einen gewinnbringenden Sinn bringt. Ich blieb, wo ich geboren war, und ich lebe noch hier.

Grade wusch ich die Erdbeeren unter dem Wasserhahn, löste die Blätter und aß schließlich die Früchte auf. Ich trug dabei eine Bluejeans und ein weißes Hemd. Irgendwas hielt mich dennoch auf und zwischen die Augenbrauen formte sich erneut eine kleine Zornesfalte.

Sicher gab es eine andere Zerstreuung. Ich glaubte, ich werde mein Revier nun wechseln! Was war los mit mir? Schließlich öffnete ich den Mund. Gewiss sollte es heiß heute werden und eine Gelegenheit kam mir doch in den Sinn. Aber an mir lag es, und ich hatte eine neue Aufgabe.

Wenn ich mich, was gelegentlich vorkam, die bewirkenden Worte im Kopf vorsagte, bewegte ich mich schließlich.

Zu Fuß kam ich zum Butzer See, dort war das Ufer uneben und sandig. Mir war, als ob ich ein wenig betrunken wäre und prompt kratzte ich mich am Hals. Ich könnte jedoch auch einen großen Pickel auf der Nase kriegen. Was sollte ich hier an dieser Wasserpfütze wohl machen? Okay…

Vom klaren Himmel schien so die Sonne, doch meine gewünschten Verse fielen mir gar nicht ein. Aber mir fielen Dinge ein, die ich anschließend machen wollte.

Ich verrate nur ein Geheimnis, Baden. Wenn ich auch im Spiegelbild des Sees mein seltsames Gesicht ansah, wirkte ich wohl nicht erschöpft.

Niemand würde von sich verlangen, dass man sich nicht bemüht, doch mir war es eine peinliche Angelegenheit. Endlich stand ich am Baggerstrand und versuche, diese Kuh zu melken.

Schließlich zog ich meine Schuhe aus und ich wollte mal das Wasser testen. Emotional wurde ich gereizt und schloss die Augen. Wäre womöglich die nächste Zusammenkunft eine kalte Dusche? Aber hier berührten meine nackten Füße das durchaus kalte Wasser.

Gewiss roch ich auch irgendeine Blüte. Den Duft einzuatmen, der stets gleichbleibend und immer leicht süß war wie der vom Wiesenklee, war angenehm.

Wohl hatte ich schlaksige Arme und Beine, kaute auf meinen Lippen, und versuchte jetzt diesen Eindruck zu verändern.

Ich klammerte mich mit meinen Füßen am Seeboden, ganz bewusst.

Die große Hitze wäre für meine Fahrradtour misslich, obwohl Platz da wäre, während sich hier wie vor dem Biergarten lange Schlangen bildeten. Was ich wissen wollte, ist, ob ich mir das antuen werde. Aber es wurde Zeit, auf die Wasserstraße zu gelangen.

Schließlich würde ich spüren, wie mein Körper unter Wasser reagiert. Ich knöpfe mein Schutzdach, die Weste, auf. Ich fühlte mich, wie ein Frosch, der sich im Wasser erfrischt.

Ich bin nunmehr ein Mensch und gehörte doch der Sorte Homo Sapiens an. Okay, ich räumte demzufolge ein, dass ich solche Herausforderung für mich erzeugen wollte.

Schon schien es, als sei ich in dieser Tätigkeit vertieft. Schnell zog ich die Bluse aus und führte auf einer frischen Spur in das andere Element. Gewiss, es war eine starke Gewaltaktion und hatte Schlagkraft. Dennoch was zum Teufel tue ich denn hier.

In diese Unterwelt könnte ich irgendwas erobern, es schien mir von der Idee angenommen zu sein und ich wollte meine Möglichkeiten auszuprobieren. Wenn ich doch nicht aufpasste, steckte ich tief drin. hm…

Jetzt kam die Bewegung doch ins Stocken. Hältst du mich nun für verrückt, wenn meine Augen immer kleiner werden?

Also, dieser Zeitpunkt und mein Umstand wären jetzt unkompliziert. Ich wäre in der Lage, mich erfolgreich zu schützen. Wenn mein Leib mitspielt, hatte ich kein Problem, so dass ich glücklich war. Aber das Wasser war milde und mein Körper angewärmt. Vielleicht habe ich eine Vermutung, wieviel Fische leben in diesem See? Solche Chance erwärmte weiterhin meine Sache und alles lief nach Wunsch.

Als ich mich unter Wasser befand, waren die Geräusche nun gedämpft. Wo ich momentan gerade war? Wie ausgewechselt, fühlte mein Körper sich an.

Woher wusste ich, ob es eine schlechte Nachricht gab? Doch im Augenblick konnte mir keine Macht der Welt irgendwie schaden.

Zwischendurch entdeckte ich kleine wenige Wellen. Aber die Wellen zog mich ein Stückchen, trug mich näher zum Strand und mein Herz schlug wie gewohnt. Aber ich schwamm noch einige Bahnen, jedoch es wird so langsam kühl. Ich stieg aus dem Wasser.

Der Wind steuerte auf meinem Rücken, so dass ich dann schnell ein Oberteil und die warmen Socken anzog.

Die Augen glühten immer noch auf, wie am heutigen Tag, wenn ich einen Gang zum Wasser machte.

Was solls, ich werde wieder kommen mit Badehose und Bademantel.

Der nächste Morgen kam. Verstreut hob ich in der Küche ein Glas Milch an und meine Lippen tranken mit aufgewühlten, großen Zügen. Danach wollte ich mich am See erleichtern.

In einem Bademantel, mit herabhängendem Band war ich ausgerüstet und sah in diesem Gewässer auch eine Bikini Frau. Prima, ich wollte mich wohl entkleiden und es bewegte sich mehr in dieser Position.

Der Bademantel fiel und mit der Badehose bekleidet, lief ich in aller Ruhe ins lauwarme, trübe Wasser. Mit starken, langen Stößen ruderte ich wie eine *grenzenlose Qualle*. Der Kopf befand sich gerade über dem Wasser, die Augen schleuderten wie kleine Blitze und doch vertraute ich ganz meinem Paddeln.

Vor allem durchschwamm ich eine Wärme, wie es die Vorstellung aufgab. Dabei hatte ich gewählt, die Arme in der Höhe zu bewegen, mein Schwimmstil nennt man eher Kraulen und meine knappen Bizepse glänzten in der Sonne.

Aber alles in Ordnung, Robert! Gelegentlich hob ich das Gesicht über den Armen, um Luft zu holen. Würde ich wieder abtauchen? Schließlich wollte ich kurz unter Wasser bleiben. Womöglich würden meine Zuschauer nicht mit Fingern auf mich zeigen. Wenn ich dann auftauchte, würde ich weiter Atmen können. *„Achtung, hier tauche ich auf.“* Eine kleine Welle berührte mich am Kopf, zuletzt steuere ich den Rand des Sees an. Fürstlich.

Zu Fuß stieg ich letztendlich aus dem Wasser heraus und dabei überkam mir kurz ein bewegter Schwindel.
Ich fand es interessant, machte mir keinen Kopf mehr, klopfte mir zum Badespaß auf meine Schulter und verfolgte das Baden weiter.

Ich forderte mich wiederholt, schwamm gern im See und war glücklich auf das Leben. Die Tage vergingen, einer nach dem anderen, während dem vorbeifliegenden Badesommer.
Aber soweit das Auge reicht, es kam der Spätsommer. Die Spinnennetze waren schon gespannt, in denen Spinnen unbeirrt auf ihre kleine Beute warteten. Dennoch behielt ich es in meinem Hinterkopf und dazu schrieb ich es zum Teil auf.

Ausrutscher

Welch ein Missgeschick, brummte ich, dass mir eine schräge Sache gegeben wurde, die mir sichere Sorgen dann später bereitete.

Doch erstmal zählte ich die Sekunden, bis der Kaffee durchgelaufen war. Es war Donnerstag. Wie gewohnt, schmeckte ich den Inhalt, war zuhause und wollte danach zum Schachspiel fahren. Als Teilnehmer würde ich gern sogar ein Bezwinger sein. Ich bin Mitglied eines Sportvereines, in dem ich jetzt beschäftigt bin. Die Aufmerksamkeit, die meine Rolle auf mich zog, hatte mehr mit der Ehrlichkeit meiner Mimik zu tun. Schließlich waren meine Spiele im Verein gut verlaufen.

Am Abend wollte ich mit dem Rad zurückfahren. Ich startete in der späteren Dämmerung. Wie immer kurvte ich neben dem Flüsschen Wuhle.

Dann war ich bei der Kreuzung in Alt-Kaulsdorf und hätte auf der Chemnitzer Straße weiterfahren müssen. Tatsächlich verlor ich schließlich das Gleichgewicht, geriet in Verwirrung und konnte mich gar nicht mehr auf dem Sattel bleiben.

Ich bemerkte, wie das Fahrrad grad am Bordstein stürzen könnte.

Da der Nacken doch keine Macht mehr hatte, musste ich erstmal zurückbleiben. Okay, erstmal hörte ich nichts, ich sah auch nichts. Indessen war die Ruhe aber ein wirkliches Schauspiel. Allmählich regte sich doch was. Dann nahm meine Hand den Arm und ein überflüssiges Wort rutschte raus.

Unmittelbar hatte ich ein kleines Malheur, als ich mit meinem geliebten Fahrrad unterwegs war. Ein Zwischenfall war in aller Stille auf der Rückstrecke schließlich als ein Sturz passiert.

Damit wäre ich eher nicht frisch und flott, wie ein gefallender Apfel. Der Radsturz war abends am ersten Oktober. Kurz kniff ich nach dem Schreck die Augen zusammen. War mein Gedächtnis wohl demoliert und das Befinden verwirrt? Okay, ich drehte mich dann zur Bornstein und glotzte nur.

Jedoch mit der Schulter, auf die ich gefallen bin, war etwas. Ich atmete indes die Luft tief durch. Wirbel für Wirbel krümmte ich mich, wie ein kleiner Aal. *„Du Mistkerl!"*, ich zog sogar den Kopf hin und her mit einem ärgerlichen Blick. Doch, armer Narr, was hättest du jetzt vor? Bei mir war sonst beinah alles unverändert? Nein, es gelang mir nicht ohne Schmerzen, den rechten Arm zu heben.

Der Vorfall erschien mir erst nicht im trüben Licht, aber je mehr, wenn ich darüber nachdachte.

Ich musste mich mit allem abfinden, was meine Rübe forderte. Ich runzelte die Stirn. hm… Wie alt warst du gerade? Als ich keine Antwort erhielt, versuchte ich dennoch einen Zugang zum Verstand zu finden.

Nur eine junge Frau drehte sich um, als ich unter dem Gewicht von tausenden Gedanken, die auf mich warteten mit rotem Gesicht da lag. Sie erschien vor mir im Licht und fragte: *„Ist alles okay?"*.

Was mich aber betrifft war es eher mein großes Rätsel. Im Moment presste ich meinen Kopf zwischen die Hände.

Um wieder Mensch zu werden, atmete ich einen tiefen Luftzug aus und schlug die Augen auf. Plötzlich drang ein leichtes Geräusch an meine Ohren.

Ich stand auf und ich schaute herum. Meine rechte Schulter litt und dies ließ sich verstehen. Im Augenblick erblasste ich sichtbar, biss mir auf die Lippen und zog mich ganz sacht vorwärts. Was konnte ich tun? Irgendwie entglitt mir ein schwaches Seufzen, aber ich träumte wohl nur...

Ich trat einen Schritt zum liegenden Fahrrad. Um wieder ich selbst zu werden, musste ich erstmal das Vehikel testen.

War ich weiter selbst ein Pleitegeier? Mit großem Aufwand nahm ich die Fähigkeit des Fahrens auf. Der Blick haftete jetzt auf der Straße, damit mir bestimmt nicht noch was angehen könnte und diese Tränen versiegen könnten.

Trotz der Sachlage machte ich mich auf den Weg. Mehr schlecht als recht saß ich auf dem Sattel und war erstaunt, als ich vom Lichte der Parallelstraße angeleuchtet und zu sehen war. Was wollte ich mehr?

In meinem verrückten Leben war der Schatten auch manchmal nur grau. *„Das sollte mir eine bittere Lehre sein!"*

Da war eine Spur in meiner Schulter, die der Eindruck eines Fehlschlags zurückließ. Nur mit Wut und Zorn wird es aber bekanntlich gar nichts. Okay.

Ich war Daheim. Eine böse Vorahnung zog in mir auf und ich machte mir vorerst den Überblick auf meinen Kalender.

Würde der Regen pünktlich kommen? Dabei wischte ich mir mit meinem Ärmel das Gesicht ab. War alles im Kopf noch durcheinandergeraten?

Wegen des Regens schloss ich die Fenster und draußen griff der kalte Wind das Laub von den Bäumen des Kaulsdorfer Buschs an.

Was passierte mit mir nun? Immerhin schlürfte ich die Milch aus dem Glas. Hierbei wollte ich alles tun, um zu radeln, denn es sollte Groll niemals aufkommen, da es mein neues Pedelec gab, mit dem ich ständig schmerzfrei fahren wollte.

Es gab immer Typen, die mir eher helfen würden? Schließlich lag ich mit geschlossenen Augen auf dem Bett, atmete wenig und sah wie ein Unfallopfer aus. Allerdings konnte ich nicht einschlafen.

Krankenhaus

Einfach wäre es, meine Verletzungssituation, in der ich mich befand, zu beschreiben. Nachts begann auch noch das schlechte Wetter. Weil ich das Fahrradfahren um ein Haar verließ, erstarrte jede Faser in mir und meiner Schulter drohte zu zerspringen.

Doch es ist mein Körper, das Einzige, das ich immer besitze. Im Moment war dies für mich eine graue Welt. Ich spürte die Last, einen bestimmten Druck, auf der linken Körperregion.

War das aber der Abgang des Fahrradfahrens für mich? hm... Doch der starke Regenguss würde bald zu Ende sein.

Als es sich draußen allmählich aufgeklärt hatte, war ich schon zur ambulanten Behandlung. Aber, mein Kauern im Krankenhaus, zum Geduld verlieren, fand ich bereits anstrengend. Einen zusätzlichen Kenner, wäre für mich bestimmt richtig. Aber nun gut.

Ein anderer neuer Verkehrsunfall war zudem geschehen. Eine junge Frau war schwer verletzt und in diesen Minuten im Unfallkrankenhaus eingeliefert worden. Gerade habe ich sie kurz gesehen. Ihr Gesicht zeigte stets Gefühle und sie sprach doch kein Wort. Ihre zierlichen Lippen waren dazu aufeinandergepresst. Sie, die junge Frau, erhielt Bluttransfusion, die Überlebenschance war wohl groß und könnte aber eine Notoperation bekommen.

Schließlich stellte ich mir vor, ich sei so schwer verletzt worden, dass eine erforderliche Operation die Folge wäre.

Kann es etwa für mich so weitgehend sein? Eine alte Patientin zog spontan ihre Augenbrauen zusammen.

Einen Augenblick registrierte ich eine Krankenschwester, die als Pflegekraft für die Patienten auf einem Weg im UKB tätig war und ich merkte die beherrschende Gewandtheit diese Beine. Es hätte mir auch was Schlimmes passieren können, dachte ich wieder. Bei diesem Gedanken fühlte ich noch mehr Schmerz und biss mir auf die Lippen. Sie, die Schwester, öffnete im Wartezimmer ein Fenster und ließ es offen. Der Mond schien wieder und mein nervöser Finger klopfte leicht auf die Stuhllehne. Schließlich konnte ich mich zum Röntgen bewegen. Dann musste ich erneut warten, legte mich gewiss auf eine Liege, und konnte das Kopfkissen benutzen. Meine Hände bewegten sich rasant, und ratlos rutschte ich auf dem guten Möbelstück herum.

Es ging aber endlich los. Man sieht das große Gerät. Durch solche Computertomografieapparate kann man heute eigentlich vielmehr.

Die Evolution bei meinen Vorfahren hatte über viele Jahre ein Skelett weiterentwickelt, was auch bei Gliedern wie zwei Beine, zwei Arme, einen Kopf und so weiter erfolgte. Schicht für Schicht wurde deshalb mein Oberkörper durchleuchtet.

Ich empfand, als waren meine Knochen am rechten Schultergelenk falsch zusammengefügt. Ich sollte momentan die Schulterpartie keineswegs beanspruchen!

Tatsächlich hatte ich eine Gelenksverletzung und es schien mir auch so, denn meine Schulter pulsierte und strahlte ordentlich.

Ich musste wieder warten und meine Befürchtungen waren wild. Wie forsch und entschlossen war ich vorher mit dem Gefährt.

Okay, als jetziger Patient hatte ich zum Glück einen Fahrradhelm getragen und ich war deswegen helle. Die Läsion brannte in meinem Fleische und beeinflusste die Struktur des Armes. Dennoch, ich hatte keine Delle auf der *Stirn*. Aber es fühlte sich an, als hätte ich mir nur diesen Arm verletzt. Andererseits, wie konnte ich so dumm sein?

Die Röte stieg mir wieder ins Gesicht. Ich besann mich mit einem gereizten Blick, und ich machte die Augen ganz auf.

Wenn es mir schlecht ging, versuchte ich mir jeden Morast hierbei klarzumachen, um diesen zu überleben. Deshalb zögerte ich jetzt auch nicht, mir die Wahrheit zu sagen. Dazu wollte ich sprechen, und die Zunge entgleiste mir nicht.

Der Beweis war schließlich durch die Untersuchung erbracht, bei mir ging es vor allem um die Schulter. Erstmal standen vor mir auf dem Tisch eine medizinische Box und Creme mit Etikett.

Ich musste ab sofort eine passende Gilchrist-Bandage tragen.

Meine schnelle Abneigung wischte gleich übers Gesicht. Aber, der junge Mann vom Krankenhaus umwickelte zuerst den Verband um meine Schulter.

Ich sollte, diese Position im Auge behalten, bestimmte Bewegungen vermeiden, einige Vorgänge langsamer schalten und spürte deshalb, dass ich kaum Einfluss auf meinen Körper hatte. Wie sehr wird mich so meine Hilflosigkeit beeinflussen?

Da hatte ich einen kleinen Anschlag vor, denn ich wollte jetzt meine alte Geschichte eigentlich erzählen. Was ich dann mehr auch womöglich mit meinem starken Willen machte. hm…

Wie es schon denkbar schien, hatte ich vorzeiten eine *alte* Hemiparese, eine Lähmung. Daraufhin gab es diese Empfehlung unter Berücksichtigung der Vorerkrankung nur eine konservative Therapie des Schultereckgelenkes vorzunehmen.

Wahrscheinlich waren alle Hoffnungen zurückgeworfen und mein Rad-Leben wäre künftig erloschen? Daran knapperte ich bisschen, aber ohne Appetit. Es gab nur noch Elend um mich herum!!

Als ich im kleinen Kreis zuhause ein stilles Wasser trank, war es nun still. Am liebsten hätte ich mir in den Arsch gebissen und diese Bandage für immer ins Meer versenkt.

Ich wusste bestimmt nicht, ob ich wirklich verletzt bleibe. Aber dennoch brauche ich meine Kraft um so sehr, und daher bemühe ich mich, sofort diese Lage zu verbessern. Was wollte ich jetzt alles von mir?

Nun dachte ich nach und begann, mich schleppend rückwärtszudrehen. Außerdem goss es draußen, und der Wasserguss hatte ringsum alles durchdrängt.

Was mich vorhin allerdings noch antrieb, fiel aber jetzt alles, da ich ein wenig träge geworden war und aus Entkräftung nicht mehr starten könnte?

Jedoch weil diese Leidenschaft erlosch, musste ich unschön ausscheiden. Dann fiel irgendein *frisch*-dargelegtes Wort, bei dem mir eine Antwort nicht einfallen wollte. *„Scheiße!"* Dabei wischte ich mich so ordentlich mit dem Ärmel das Gesicht ab, das von Wasser und Regen durchdrängt, war.
Was sich durch meine aktuellen Fahrräder in mir als Hoffnungen angehäuft hatte, löste sich jetzt in Luft auf.
Langsam strampelte ich zu Fuß in meinem Ausweg und begann, da das Jahr rund werden sollte, gut und gerne aus dem Wirrwarr heraus zu finden.
Mit der Bandage an der Schulter, marschierte ich allmählich an die Kaulsdorfer Seen und sah im Augenblick nur ernste Gesichter.
Jedoch verlor ich mich immer mehr in meine Gedankenwelt. Dann ging ich im Garten, drückte endlich auf den Geräteschuppenschalter und war trotzdem eine Spur unzufriedener.

Die Zeit verging und plötzlich landete ein Rabe auf der Terrasse. Er krächzte immer wieder, breitete die Flügel aus und flog schließlich rasch weg, so schnell wie er gekommen war.

Immerhin der Geruch meines Bettes, auf dem ich schlafen kann, war abends wieder gut.

Überlegung

Der kalte Morgen, ging aus meiner Sicht kam, mit einer leichten Brise auf, und die Sonne zeigte sich mit Kraft. Es war nicht mehr Dunkel und ich ruhte noch zusammengedrückt wie in einem Schlagsack. Aber ich konnte nicht weiterschlafen, hörte meine Matratze quietschen und fange an, nervös zu werden. Alles hörte ich.

Was tat ich nun, weil ich in aller Frühe aufwachte? Ich drückte auf die Tränendrüsen, die ich dennoch zurückhalten wollte. Die Smartwatch zeigte auf viertel sieben früh. Schließlich lag ich im Bett, das Gesicht ins Kissen gepresst und war eher wie ein kleiner Dreikäsehoch. Vielmehr hatte ich schon jetzt Ärger.

Wenn ich nun dachte, was zugestoßen sein könnte? Wieder könnte ich mit den richtigen Worten etwas Eigenes schreiben, und damit eine neue Botschaft herausbringen. Oder? Die anhaltende Flaute beeinträchtigte mich schon und die Zeit verstrich auch verdammt langsame.

Okay, ich hatte das früher schon mal erlebt. Ein Nickerchen wäre bestimmt nochmal sehr gut und was blieb mir sonst übrig, als zu akzeptieren, so dass mir die Stimme kurz ausblieb. Welche klassische Musik hörte ich eigentlich? hm…. Chopin…

Ich versuchte, nicht aus der Rolle zufallen, und erklärte mir, dass ich mein *Radspiel* wieder erreichen könnte. Aber solche Unruhe, dass ich zuvor allein bei einer

Begegnung mit den Fahrrädern empfand, stellte sich bei mir abermals ein.

Damals wäre ich fünf Jahre alt, als ich auf meinem Dreirad fuhr. So würde ich es auch gerne erneut können.

Dabei störte mich der Geruch dieser Salbe, die den gutgenährten Körper, wie üblich vielleicht ausgeheilt?

Unter meiner Decke lag ich, wie üblich und dachte: *„Aber werden die auffallenden Dinge, die mich belasteten, von den in der Salbe enthaltenden Kräfte sicher verhindert?"*

Ich schlug die Bettdecke zurück, setzte mich und richtete mich schließlich ganz auf. Am Spiegel sah ich die Ringe unter den Augen, fühlte mich wie völlig geplättet, und wusch mir das Gesicht. Anschließend gurgelte ich in meinem Mund eine Kappe voll mit Meridol, um den schlechten Geschmack zu meistern.

Wie erstarrt stand ich hier und zeigte keinen Eifer mehr! Ein direkter Weg, die nur für mich einem schlichten Zweck diente, war nicht sichtbar. *„Ich will raus!"* Jedoch, es gibt kein Glück für mich auf der Welt.

Wie viel Verantwortung könnte ich wieder tragen, die ich jetzt verloren hatte. Aber ich musste eingestehen, dass mein Urteil zur Vergangenheit durch mein Ungeschick tatsächlich verzerrt sein kann.

Als pragmatisch-lösungsorientierter Fahrradtyp, wie ich vor dem Fehler erquicklicher erschien, stellte ich mir mein Erscheinen schon erneut vor.

Während der kommenden Tage verdichten sich bereits die vermischenden Gerüche zum großen Mief aus der

Achselhöhe. Wasch mich bitte!!! Doch was sollte ich denn als armer Typ mit der Schulterschiene machen? Gleich senkte sich meine Rübe. Ferner könnte ich mich auch einer winzigen Gehirnwäsche unterziehen, oder würde es wieder genug Regen geben?! Ich wischte aber diese Frage schnell aus und dachte an etwas anderes.
Woran roch es nun eigentlich? Ein angenehmer Geruch kam aus der Küche. Ich geh mal hin.

Abends lag ich dauernd vor dem Fernseher, und schaltete wild mit der Fernbedienung durch die Programme. Meine Stimme war erbärmlich und ich machte prompt ein grimmiges Gesicht. Am Ende verfolgte ich wirklich die News dieser Tage an meiner Mattscheibe, blieb kleben und fand die halbe Nacht Abenteuer oder Dokus heiter. Dann ließ ich den Umschalter fallen und nickte ein.

Irgendwas müsste ich doch machen… Entweder fiel ich draußen hin, weil ich über die eigenen Füße stolperte, oder ich stieß irgendwas um. Aber der große blaue Fleck hatte sich über meine Schulter verbreitet! In diesen Tagen war ich ein wenig erregbarer und reizbarer, doch als ich die Spaziergänge hinter mir hatte, beruhigte ich mich gleich, weil ich die Natur genoss. Die Stärke für mich hing gerade mit den körperlichen Eigenschaften, wie meine rechte Schulter, meine Reichweite und die Kraft der Zähne, zusammen.
Was tun, wenn ich je meine Gestalt wieder normal gebrauchen kann? Wenn allerdings die Fahrerei zu Ende wäre, sagte ich mir, werde ich keineswegs glücklich sein. hm…

Doch Schreiben machte mir Spaß, weil ich es lieben lernte. Dabei wurde mir ebenfalls klar, für mein Glück wäre es bestimmt nicht wegzukriegen. Darin befand sich mein schöner Krempel. So ein Dummkopf, alles drehte sich abermals nun in meiner Rübe.

Aber ich wagte es noch immer nicht, Rad zu fahren. Dazu sah ich zwischenzeitlich zuhause aus meiner Wahrnehmung, wie ich den Sturz erlebte, während ich dann auf Heilung wartete. Kein Schwein meldete sich. Ich lebte in einer Art von anhaltender Sorge, erlegte keine Beute und ernährte mich zunächst nur vom Futter.

Über mein müdes Denkvermögen, das in allen Windungen verstopft schien, merkte ich, während ich am Bettrand saß, dass das Denken war, noch nicht abgenutzt.

Weiterhin war mein neues Manuskript für *„Echt, was mache ich?"* im Umfang geradezu angewachsen. Unumgänglich war es daher geworden, mich zu bemühen, leserlich gar mein Thema doch zu erschaffen. Vielleicht könnte ich auch meine Lektüre erweitern. Nun blieben meine Augen offen und lass weiter.

Der einzige innere Schatz war meine *alte* Hoffnung, dass es für mich bald mal die Chance gibt, meine Fahrradsache wieder zu erwecken. Ich war im Oktober noch um kein Stück weitergekommen.

Oft legte ich die Nase aufs Papier, manches Wehwehchen verschwand damit und so arbeitete ich mich zwischen den Zeilen immer weiter. Die Miene hob sich und der Körper kam dabei zur Ruhe.

In dieser Zeit wollte ich der Angelegenheit noch eine erneute Chance geben.

Tag aus Tag ein, ging ich zum Rechner, irgendwie ließ ich mir immer was einfallen. Schließlich fing ich erneut wieder an, meine Erlebnisse zu schreiben, damit ich mich nicht wirklich grämte. Die nicht erfundene freie Ordnung prägte so meinen Wunsch. Ich setzte mich in eine Ecke, in der mich die rechte Schulter schmerzfreier begleitete, nahm mein Endgerät und schrieb.

Wie wird es mir gelingen, aus meinem unmöglichen Schlamassel herauszukommen und das Fahrrad zu erobern, war mir schließlich noch unklar.

Die Wege des Rad-Lebens sind mitunter unergründlich, da war ich mir ziemlich sicher. Aber ich hatte noch eine Menge für den Esel übrig… Ich legte das Fahrradbuch beiseite, ging in den Garten und bereitete mich schlicht auf das Fahrradfahren vor. Dann ließ ich die Augen über die Gartenlaube gleiten.

Ich presste die Lippen zusammen, erblasste nur und sprach vertieft jene Worte langsam aus. *„Es geht wirklich noch nicht!"* Außerdem konnte ich auch ein bisschen warten, schließlich schloss ich die Laubentür.

Ein Moment später spürte ich an der Bandage wieder meinen Atem. Mein Gedächtnis rief spontan die alten Radtouren ab. All das ging mir tief in meine Geschichte hinein und ich verlor mich völlig darin. Aber ich fühlte, dass ich bald anfangen werde. Jedes Scheitern birgt

Möglichkeiten, meine Tätigkeiten von vorne anzufangen.

Es lag mir im Blut und ich ahnte, dass es soeben zum Lenken genügt. Ich hatte Zeit verloren und nichts erreicht, so dass es bei diesen Fahrten kaum noch für einen deprimierten Typ reichen wird.

Dann stellte ich die Kaffeetasse auf dem runden leeren Tisch auf der Terrasse. Allmählich überlegte ich abermals und starrte kurz auf dem Himmel, weil ich keine Macht über mein Fahrrad hatte. Weshalb kam ich wieder auf diesen Gedanken? Zweifellos musste ich mich so mit einer Träne begnügen und fand dann mit der Tasse den Weg zum Mund.

Schließlich kehrte ich in mein Zimmer zurück, setzte mich und schaltete den Rechner ein.

Wenn ich mein Gesicht auf der reflektierenden Glasfläche betrachte, sah ich aus, als ob die düsteren Ahnungen mich verlassen könnten.

Noch einmal las ich nun mein Skript, das ich überarbeiten wollte, auf dem Bildschirm. Aber, offenbar ging es ebenso nicht, dass ich damit einen Fang machte und auch meine tiefen Wünsche wahrwerden ließ und Strecken in einer erfüllten Richtung zurücklegen könnte. Die Sorge hing so zusammen mit meiner Unsicherheit und ich ließ die Fantasie in meine Zukunft schweifen. Die Neugierde hatte aber meine Augen weit aufgerissen. So eine Illusion geht eigentlich nur mit einem vollen Kaffeeschluck.

Ich sah jetzt aus dem Fenster und erinnerte mich wie es war. Wären die Dingen nur ein bisschen anders, so sähe ich womöglich den Wald vor lauter Bäume nicht, aber der Platz zum Sitzen auf dem Sattel sollte für mich zweifellos am besten sein.

Doch die Gilchrist-Bandage ist vom Arzt verordnet bereits ab. Wie gewohnt, blickte ich einen Augenblick noch mit gedämpfter Miene mein Fitmacher an und könnte irgendetwas probieren.

Ich müsste mich vielmehr freuen und gleich einen erfrischenden Traum folgen. Diese Empfindung war wohl aus meinem Eindruck entstanden, weil mein inneres Licht mich neu orientierte.

Nervös kaute ich an der Unterlippe, die mit der Ungeduld jetzt aufgeweicht war. Wenn die beiden vorderen Extremitäten noch nicht so erfahren sind, könnten sie doch ein wenig den Schaden mildern. Ein leiser Ton, der weder noch ein Aufschrei war, kam aus meiner Brust. Dann ergriff ich plötzlich mit aller Kraft mein Vorhaben und erfüllte damit meinen Ehrgeiz. Der nächste Morgen sollte mir zu einem Schub verhelfen.

Morgenröte

Von irgendetwas gestört, erwachte ich und augenblicklich spürte ich mein Schmerz aus der Schulter. Er belastete mich wohl. Es war ungefähr halb acht Uhr morgens. Optimal sendete doch die Herbstsonne ihre goldenen Strahlen auf die Welt.

Der Wunschträumer, der soeben nur allgemein von Sehnsucht lebte, könnte vielleicht durchkommen. Der innere Kreis der Eingeweihten weiß, dass es so keineswegs ohne Motivation möglich sein wird. Wann könnte ich wieder der Erste sein und wie lebe ich jetzt? Tatsächlich hauste ich nur in meinem Zimmer. Damit kam ich auf keinem Fall umhin, Mitleid mit meinem Körper zu empfinden. Aber eine magische Geschichte erhob sich in mir in einer wundersamen Weise mit solcher Leidenschaft, dass sie von den Ahnen ausgedacht sein könnte. Jetzt war ich identifiziert?

Ich nahm meinen Deoroller und atmete den Duft ein. Nachdem ich die Toilettenspülung betätigt hatte, wäre ich startbereit. Aber es fehlte mir der Mut?

Frei zu sein war das Beste und fast immer musste ich an die Räder denken. Wie lange saß ich hier schon herum? hm…

Meine Zeit schien stillzustehen, während die Verletzung von einer zähflüssigen in eine breiige Statur überging. Ungeplant warf ich wieder einen Blick auf meine Fahrräder. Endlich wollte ich den Sinn verstehen, der sich schon leichter hinter meinem Bewusstsein versteckt hat. Faktisch musste ich mich gedulden bis zum ersten fünfminütigen Einsatz.

Halbwegs streckte die, durch eine Läsion, aufgewühlte Schulter noch in einer Obhut, die ich soeben öffnen wollte.

Wie ich mit Belastungen oder mit Schmerzen oder auch mit Heiterkeit umgehen würde, wusste ich noch nicht, fühlte mich jedoch irgendwie anders als sonst. Vertieft zeigten sich hierzu Probleme, die ich nacheinander Bekämpfen wollte.

Anschließend betrachtete ich wieder alles als meine eigene Sache, und wollte mich mit diesem Vehikel auf einen erneuten Weg wagen. Tapferkeit allein ist zu wenig und ich führte meinen dicken Daumen über dem Fahrradrahmen. Dennoch wie könnte ich im Augenblick dem Zaudern entkommen? In einer solchen Situation hätte ich mehr Gegendruck erwartet, dennoch vor allem kann ich mir etwas bewahren. Okay, ich sollte noch diesen Glauben haben. Ich wusste, dass es sehr anstrengend wird, obwohl ich ein wenig warten müsste. Wieso sollte ich mich aber einsperren? Jedenfalls schien ich älter zu sein.

Es wurde Zeit, dass mit der Fahrt wiederum begonnen wird, da sie mir gar auszutreiben erschien. Ja, zum Teufel! Auf jeden Fall füllte ich damit lieber meine Leere. Wie von Sinnen fuhr ich noch ein paar Meter weiter. Ungeduldig verzog ich meine Mundpartie. Sowas brauchte ich eben. Der rechte Arm tat aber weh und mit dem linken Arm stützte ich mich ab.

Ich muss mich in Acht nehmen, dass ich nicht mit der rechten Schulter auf den Boden treffe. Ich kreiste nun mit langen Beinen langsam, weil ich gewiss Mühe hatte das Gleichgewicht zu halten. Immerhin, es war kein Dunst zu sehen über der Wuhle. Es wurde jetzt ein schlimmer Schmerz, ich bekam Hunger und schenkte mir meine ganze Aufmerksamkeit. Im Schneckentempo lenkte ich das Fahrzeug den Weg entlang.

Wie war es gekommen, dass ich in der Lage kam, strampeln zu können? Alles wird in Ordnung sein? Okay, es war kein minikleines Phänomen, was sich wohl hier im Leib aufgebaut hatte. Ich wollte nicht immer im Fleckchen Heimat verharren. Es interessierte mich munter, wie ich bald leben könnte. Was keineswegs etwas daran änderte, dass ich zunächst einen guten Start aufgelegt hatte.

Doch das Eichhörnchen war gerade zu sehen. Eine zufällige Ablegung, man bekommt auf jeden Fall selten die Eichhörnchen zu Gesicht. Ob sie wirklich schlau sind?

Große Heiterkeit erfüllte mich, ich fühlte mich eher groß und mir war alles klar. Immer wieder kam ich an Häuser, Plätze und Wege durch mein Gefährt. Für einen Augenblick schien es mir jetzt machbar, als ein Fahrradtyp strampeln zu dürfen.

Wenn ich mir Mut machte, stärkte das mir zugleich meinen Willen.

Mit einem kühlen Schweif wehte eine Brise zu mir herüber, die Bäume rauschten an den Kauler Seen und ich war indes motiviert. Es tat mir leid, dass ich mich mit dieser Episode verspätete. Dennoch war ich mit dem Pedelec auf Tour gewesen.

Nun ich keuchte wieder und mein Atmen sah aus wie bei täglichen Fahrradbenutzern. Wiederum hatte ich diesen lachenden Blick, weil ich seit Wochen nicht im Gespann gewesen war. Diese Episode war vielmehr nur ein Wehwehchen. Damit gab ich mir einen Ruck zum Aufbruch und rollte jetzt wieder. Aber als Mensch scheint man über sich selbst zu wundern, weil er bei seinem Fahrstil gewiss die Konzentration auf die Beine verlegte.

Die Umsetzung jeder Barriere auf diesem Weg diente vielmehr der Verbesserung meiner Natur. Das gab mir mein Selbstvertrauen zurück, weil ich es schließlich für die Geduld verwendete. Endlich war ich dazu befähigt. Dabei zog ich die Schultern hoch, heftete sanft mit dem Gesicht auf den Weg.

In der Zeit danach lag wohl kein Zweifel mehr in meiner Zuversicht. Aber was noch so viel heißen mag, dass die Nerven oft durch die verwickelten Situationen strapaziert werden. Ich musste mich an diese Luft zurückgewöhnen, wischte mir erstmal die im Überfluss vorhandenen witzigen Schweißperlen von der Stirn und mache mir bald keine Hemmnisse mehr. Es war sehr amüsant, wenn ich abermals an diese Fahrradfahrt zurückgekehrte.

Als Mut schrie ich mich gar in Gedanken an, kehrte mit dem Fahrrad um und zwang mich, den Befehl zu wiederholen.

Damals ließ mir zwar diese kleine Spritztour nichts anhaben, aber meine Augen liefen an, wie bei einer matten Henne, obwohl ich diese Spur mit dem Elektrorad entfalten wollte. Bald verzog ich so das Gesicht. Werde ich schließlich verrückt? Ganz so einfach war dies alles nicht!

Beileibe tat ich das momentan, denn was ich tat, setzte mich derart unter Druck. Mein Ausrutscher war keinesfalls mehr so breit und offen, sodass sich wieder die *liebe* Sonne zeigte. Dafür japste ich bereits, jedoch es wollte mir nicht gelingen, mit diesem Pedelec weiterzufahren. Einen Moment brauchte ich, bis ich doch erfasste, dass es sich um die Stabilität handelte.

„Scheißdreck"

Ich fühlte mich jetzt miserabel, wenn dieses Abenteuer auf die Schultern schlägt. Es fehlte mir die Kontrolle über das Fahren, bei dem, wie ich es tat. Und wie man sieht, besaß ich die ausgezeichnete Fähigkeit, Mist zu machen.
Ich machte mit matter Kraft die Augen zu, meine Lunge presste den Atem in gedämpften Stößen heraus und ich wartete nur noch auf die Bruchlandung. Um die günstige Gelegenheit des Radfahrens zu nutzen, reichte die Kraft aber noch nicht aus. Demzufolge könnte ich die Absicht aufgeben! hm...

Jedenfalls war ich fix und fertig. Deshalb konnte ich nicht wieder fahren und es verliert sich selbst.

Bekam ich jetzt an der Tankstelle eine Idee oder eine Gänsehaut? Zuletzt tat ich es, was mir demnach nicht schadete. Okay! Ich, der ein Zerren im Magen fühlte, stand gemächlich auf und hielt mich abwehrbereit. So hatte ich mich nun wiederentdeckt. Wer bin ich jetzt und wovon kann ich nun träumen. Dabei dachte ich wirklich: *„Meine Batterie kocht bereits"*.

Dennoch, ich sollte auf mein Rad, und mir ein frisches Antlitz zumuten können. Diese Fahrt wäre doch mein Kunststück. Damit kannte ich mich wohl am besten aus. Im Inneren erschienen sich mehrere Vorstellungen zu verwirren. Jetzt roch es nach Süßigkeiten. Ich kaufte sie und überlegte weiter, *„Das wäre gewiss kein gutes Zeichen, dass ich keinen Rat wusste."* Meine Hände zitterten.

Ich tat nichts mehr…

Gar könnte ich mich verleiten lassen und versuche leidlich ganz gleichmäßig zu atmen. Ich war vom Weg abgekommen, und um mich zur Vernunft zu bringen, hatte ich keine Alternative.
Schließlich konnte ich die Fahrradsituation jetzt nicht unter Kontrolle bringen. *„Mist,"* murmelte ich und hatte schon mehrmals erlebt, dass ich somit eine Knet-Kur wollte.
Obendrein blitzen wieder die Katzenaugen an den Pedalen auf, aber nicht mehr vier, nur noch drei. Erst waren sie durchaus vollzählig und jetzt nur drei Lichter. hm…

Ich wusste, dass ich soeben durchhalten kann, und mit dem Fahrrad zwar kaum noch aufbrechen werde, aber sich daraus eine Hoffnung ergab. Allerdings mir reichte es schon mal. Ich musste zurück.

Okay, mit diesen entspannenden Ansichten legte ich mich bestimmt auf einer Liege, streckte mich aus, ohne ein Wort zu sprechen und döste bald.

Nach dem Abendbrot suchte ich im Zimmer nach einer Stelle, an der ich auf dem Fußboden meine Sachen ablegen konnte. Schließlich zog ich die schmutzigen Klamotten aus, nachdem ich dies gewagt hatte, und meine Hand begann auf meinem Körper zu reiben. Aber ganz verrückt musste jedoch wohl ein Fahrradfahrer sein.

Der wagemutige Kerl, nur im Schlüpfer bewaffnet, stand im Augenblick auf den Füßen und sprang dann schwungvoll aufs Bett. Wie oft hatte ich mir gesagt, es wäre merkwürdig auf den Federn mit voller Montur einzuschlafen.

Aber das schönste Geschenk gab mir die Idee, die ich es jetzt auch verwenden kann, nach einem tiefen Schlaf.

Nun wurde sie zur Wahrheit.

Um den Kauler

Was mir in diesen Zeiten fehlte, waren Typen, die keinerlei Ehrgeiz hatten, die rätselhaft innehalten wollen.

Also bei mir auch? Als Kerl, der weiterhin auf dem Bett liegend, leise klagte. Doch wenn ich an solche Gerüchte nicht glaubte, repräsentierten sie dann, dass sogar Alle ähnlich waren?

Was hatte ich denn nun? Meine hoffnungslose Visage wirkte echt. hm… Ich wagte es nicht, auf dieses Elektrorad zu steigen. Wie ein Asket, der neben dem Sattel steht, überlegte ich weiter. Schließlich könnte ich mich durch einen Katerschluck erleichtern.

Dennoch wäre es falsch, mich indes dem edlen Ross zu verschließen und diesen Berührungspunkten auszusetzen. Warum geriet ich so in solche Lage? Momentan erkannte ich auch über mich keine Macht mehr zu habe, und es schien mir, dass ich zerbrochen worden war. Deshalb steckte ich lieber mein Zeigefinger in den Mund.

Aktuell hieß es Funkstille. Es gab für mich keine erneuten Entwicklungen? Aber mir gefiel in keiner Weise die Stille und zum nicht faul sein, fehlte diese Technik. Wie ich nun aus dieser Geschichte heraustreten wollte, wusste ich noch nicht.

Vielleicht würde ich meinen Schmerz empfinden, doch einen Rückzug wollte ich nicht hinnehmen. Mein Fahrrad soll wild mit den Pedalen schlagen. Bald bräuchte ich eine Gelegenheit, bei der ich mir nicht wieder Steine in den Weg legte.

Ich erinnerte mich an den medizinischen Vorfall, und vor allem aber detailliert an seine Folgen, die mir nach meinem Sturz im Geiste geblieben sind. Diese Gefahr wäre einfach zu groß, da über das Rad-Drehen sich eine fatale Situation für mich daraus bot.
Ich dachte, *„Meine Welt ist nur diese Bewegung."* Irgendwie fühlte ich mich dadurch erleichtert und ich sollte aufhören, an diese Dinge zu denken. Ich blickte nach vorne, und wollte mich endlich erheben.

Die Geschichte der menschlichen Eigenarten wurde durch manche Meilensteine beeinflusst. Ich lebte in dieser Hoffnung, dass bald ein Retter auftreten würde, der mich vielleicht befreien könnte.
Jedoch jetzt ist es die Situation für mich, in der ich alles nur verlieren könnte?
Es gab keine wirkliche Kraft in mir, die ich auf meinem Platz erhoffte. Ich dachte, es war meinerseits so weit eine schlimme Zeit. Sie erweckte den Eindruck, als ob ich mich von jedem Typen abgrenzen wollte. Eng wurde das Glück! Sobald eine Lücke entsteht, sollte ich eher etwas tun. Irgendwie reagierte ich bestimmt in meiner prekären Lage. Mir wurde dennoch bitter zumute.

Eigentlich wollte ich wissen, was aus meiner Aktion werden könnte. Mein inneres Licht blieb keineswegs geschlossen, doch ich sollte erneut warten. Man könnte verrückt werden und konnte nicht mehr ruhig sitzen. Beim Wandeln mit dem Kaffeepott schlürfte ich meine

Züge bis zum Ende und legte ihn auf dem Tisch. Ich sprang auf und lief hin und her. Man musste irgendwas finden, was ich gewiss bräuchte.

Es hätte mich befriedigt, wenn der Wettstreit wieder aufgegangen wäre, doch es gab etwas anderes. Indes hatte ich eine robuste Lunge und einen kräftigen Arm. Lass mich schauen. Es könnte sogar passieren, dass so allmählich meine Beine traben sollten, und dabei die Augen einen Blick in die Ferne schweifen würden. Allerdings war hier kein Bleiben für mich, weil es nur meine Einöde brachte, und ich möglicherweise irgendwas anderes machen würde.

Es wäre keine Schande, wenn mir ein Geistesblitz einfallen würde. Schließlich lieh ich mir Wanderstöcke aus.
Aber was sollte das, wenn mir diese Alibi-Stöcker keineswegs nützten? Auch hier musste ich dennoch herausfinden, dass mein Weg zur Rettung führte. Welches Gespür würde ich dabei erfahren? Okay... Doch etwas hatte ich, dass irgendeine Kraft ausübte.
Sprunghaft ließ ich einen Stock fallen, als wollte ich Rückwärts gehen und verließ die Handlung ohne ein Wort. Zum Erstaunen brauchte ich sonst keine Hilfsmittel, es schienen für mich bestimmt keine gebaut worden zu sein.
Wut stieg keinesfalls gegen mein Rezept auf. Ich hatte das Ding benutzt, nicht wahr! Über mehrere Tage lang versuchte ich das Glück und fand schließlich das eigene Ding in meinem Konzept. Sollte ich mich vor allem

schämen wegen solcher Widerstände? Möchte ich das wirklich? hm...

Ich beschloss, das Thema nicht zu wechseln. Ja, mein Anblick in der Umwelt schnürte mir keinesfalls die Luft ab. Ich sprach doch zögerlich, *„Niemand kennt mich"*. Die Anspannung des Muskels konnte ich wenigstens mit Willenskraft lenken und der Glaube an meinen Körper war wohl greifbarer.
Daher wollte ich versuchen, diesen Kurs zu verbessern. Ebenso beruhigte ich mich umso mehr wie das leise Rascheln des Laubes. Immerhin wurden die Gelenke mehr belastet als beim normalen Spazierengehen. Es funktionierte für mich bestimmt.

Momentan wusste nur eine Person von diesem Plan. Der wohl eine Wanderung mit dem Einsatz von zwei ausgeborgten Nordic-Walking-Stöcken beinhaltete, bei dem man etwas wagen könnte.

Also dann war meine halbe Stunde und es wurde mehr als nur ein neuer Anfang. Ich *kletterte* an meinem Körper herum, begann in langen Schritten Hemmnisse aus dem Kopf zu treiben. Das gab mir wieder Mut. Bis ich mich in diese Tatsachen eingelebt hatte, gehörte ein bisschen Glück dazu. Es dauerte ein wenig.
Doch was mich beeindruckte, war die Disziplin, die mir dabei entgegenkam.
Ich genoss es, wenn ich während meiner Bewegung rasch ging. Der Geruch war sogar auch tauglich und reizte nicht meine Augen. Während ich notgedrungen

schnell lief, weil ich nicht Fahrradfahren konnte, war meine Freude wieder ausgebrochen.

Ich fühlte vielmehr das Flimmern in meiner Brust. Aber sobald, wenn die magische Grenze überschritten war, klappte meine Methode gerade nicht mehr.

Gewiss machbar war es schon, dass ich besser laufen konnte, auch wenn ich mir das nächste Ziel steckte, das ich ebenso erfüllen wollte. Oft war ich angenehm überrascht, dass ich hier wieder bin und wusste schon, dass ich nur schmunzeln werde.

Ich hatte es riskiert und mitunter veränderten sich meine Pläne. Weil ich frischen Wind da reinbringen musste und alles andere kam danach. Nun weiß ich, dass ich irre Zeiten überbrückte.

Keineswegs ahnte ich, wie gut dies inzwischen gelang. Die Augen glänzten und ich schlenderte mit den Händen. Das schnelle Gehen war für mich gerade eine Fachdisziplin, zur Unterstützung des Rhythmus der Schritte. Die Schulter fühlte sich gut an, und ich war sehr erfreut darüber, wie mein Leib sie trug. Als wurde ich jetzt innerlich aufgezogen und an mir wurde irgendetwas geschraubt. Auf einmal kamen neue Kommandos.

Eben wollte ich die guten Dinge benutzen und habe es getestet. Unter Anstrengung windete ich mich gleich auf dem asphaltierten Boden und erprobte, ob ich wohl aus eigener Kraft noch richtig aufrecht sein könnte. Ein leichter Wind kam auf, wehte sanft in den Haaren und drang durch bis auf meine Haut. Doch es ließ sich nicht vermeiden, dass in mir eine entflammende Neugierde losging, in der das Wie und Wann sowie die Richtung eingeleitet werden sollte.

Was ist denn so besonders an dem Kunststoff der Stöcker, den man nicht essen konnte, doch für mein *Neues* nützlich war.
Schließlich war ich glücklich, weil ich etwas anderes getan hatte. Ich stütze mich nun immer, wie beim achtsamen angeseilten Wandern. Es schien einfach zu sein, aber damit sollte ich mich auskennen, wie ich mit diesen Dingern hantierte.
Sollte ich einen solchen Keil noch weiter vorgetrieben haben? Ein Weilchen musste ich jenen Morgen suchen, bis ich den Mut hatte, um nicht von meiner Bewegungsrichtung verraten zu werden. Der Mund stand mir jedenfalls offen und ich zuckte gar nicht mehr. Was bei dem Morgenleuchten dann als Überraschung kam, nahm mir vielmehr nicht die Fähigkeit, weiter zu atmen. So schleppe ich mich immer weiter und machte nach jedem Satz einem Zug voran.

Durchaus beschäftigte es mich, denn noch nie hatte ich es erlebt, wie ich mich jetzt fühlte. Dafür dachte ich, dass die frische Luft von draußen mir guttun wird.
Nun trieb ich zu Fuß mit den Krötenstechern, hatte immer noch Haltung und tat gut daran, den Fahrradtouren zu widerstehen. Es wäre dennoch töricht und ich hätte mich deutlicher ausdrücken können. Ich drückte einfach die Fingerkuppen gegen die rechte Schulter. *„Wie gefällt dir das? Oh nee, lass mich in Ruhe?"* sagte ich mir selbst. Mein Minischmerz war ohnehin da, die Schulter zog noch und dies war

augenblicklich meine Schwäche. Diese Marschroute um die Kaulsdorfer Baggerseen konnte ich immerhin mit den Nordic-Walking-Stöcken spazieren. Vor meinen Augen tanzen auch die Buchstaben, die aus meinen Träumen herrührten. Ich wackelte mich vorwärts, fühlte meine Hände, ohne irgendetwas zu berühren, sogar wenn ich mich zu Fuß dem nähern wollte.

Schließlich schmerzen schon die Hände, weil sie das Nordic Walking keineswegs gewöhnt sind. Aber dieses Fingerspitzengefühl war mir eine Genugtuung und tatsächlich hatte ich nun diese Alternative. Um meine Nerven zu entlasten, atmete ich tief ein und aus, doch die Muskulatur zog sich zuletzt unerwartet zusammen. Jedenfalls war ich imstande, mich bei dieser Tätigkeit zu überwinden. Ein kleiner Stolperer bewirkte sicher, dass ich hinfliegen werde. Gescheit und mutig war ich allzu vertraut mit dieser Situation auch mit allen Kniffen des Sprunges. Ich sollte mich in der Tat nicht biegen oder krümmen, aber keine Lippenbekenntnisse durch den Übermut des inneren Lächelns zeigen.

Ich durfte nicht vergessen, dass die Proben mit diesem schmerzhaften Gelenk durchdacht waren. Deshalb musste ich ihm helfen so gut ich konnte, und ich versuchte, wie ein guter Begleiter zu sein. Ich bereitete mich oft bei der Fußinitiative auf ein ausgeprägtes Ziel vor, schielte ständig nach den Körperbewegungen, weil ich wollte, dass ich in der Ferne einen Treffer lande. Es hatte sich eher gelohnt. Weil mir zugestoßen war, weiß ich jetzt allerdings mehr.

Köpenick

Ein paar Wochen später bekam ich eine Gelegenheit. Ich setzte mich sanft auf das Bett, stand dann wieder auf und trat an das Fenster, das auf den Weg zum Busch weist. Die Art des Fahrradfahrens war stets für mich keineswegs vergessen, eine Atmosphäre von Freude, um mich zu bereichern. Ich drückte mit meinen Fingern später die Terassentür auf und draußen wimmerte gleich ein erfrischender Wind. In meinem Gesicht fingen die Zähne an zu klappern.

Eigentlich war ich kein Angsthase. Okay, wenn ich zum Beispiel das Fleisch kleinschneiden sollte, überlegte ich vorher, wie ich es anfange. Schließlich könnte ich nicht vorsichtig genug sein.

Dennoch meine Gedanken blieben gleich wieder bei den beiden Fahrrädern hängen und ich hörte nur eine innere Stimme. Womöglich war das Fahren bis jetzt aus eigener Kraft ein Tabu.

Bald kam mir darauf der Einfall, dass sie alle anderen mit ihren schönen Rössern leiden würden, weil sie jetzt auch nicht ihre Mobilität und ihre Motivation testen könnten. Ich dachte, momentan lieg ich weich wie in einem friedlichen tiefen Schlaf. Aber wenn ich mich wieder bemühte, wäre das ein Ansporn für meine Genesung. Das musste ich jetzt herausfinden.

Es sah nicht so aus, als würde es gleich anfangen zu schneien. Somit wäre eine Grundlage da, dass ich kürzlich etwas leisten könnte, es keinesfalls auf die leichte Schulter nehmen darf.

Auf den zweiten Blick hatte ich das Gefühl, dass man sich noch mal trauen sollte. In aller Ruhe zu bleiben, fiel mir doch schwer. Wäre es nicht besser, wenn ich mir ein wenig Zeit zu einer Idee lassen würde? hm... Nach langem Zögern nahm ich erneut das Fahrrad. Lieber war ich draußen, als hier im Versteck zu hausen, denn als ein erfahrener Draufgänger wusste ich das. Gleich schnappte ich den Schlüssel für die Gartenlaube.

Tapfer war ich jetzt an der Reihe. Endlich wollte ich wieder Radfahren. Okay, mit dem Pedelec will ich es ausprobieren. Ein geliehenes Buch wollte ich in der Bibliothek in Köpenick zurückgeben.
Mit halbgeschlossenen Augen und Druck auf die Brust nahm ich das Rad mit. Tatsächlich konnte ich mein Gähnen unterdrücken, denn endlich hatte ich den Ehrgeiz wieder. Unter dieser Situation tat ich mein Bestes, alles wollte ich rasch machen und ich drehte nun die Kurbel. Während ich mit dem Fingern leicht auf dem Lenker trommelte, kam ich mehr in meine harte Praxis. Ich wusste auch, ohne Schmerzen wird keine Lösung geben. Lachend erschien ich zwischen den Laubbäumen und als wäre ich in letzter Zeit ein kleines Wunderwerk geworden.
Der Blick war stets in der Ferne gerichtet und meine Lippen wurden aufeinandergepresst. Diese Bewegungslosigkeit, die mich um ein Haar überzogen hatte, ist jetzt mit dem Losfahren bereits verschwunden. Aber die ganze Zeit hatte ich das Gefühl, hinterfragt zu werden. Jedenfalls mein Herz raste.

Die Sehnsucht stand auch wieder ein Spalt offen, als ich mit dem Elektrorad fuhr und ich wollte irgendwie auftreten. Vielleicht schaffe ich es, mein Vermögen rauszuholen. Staub wirbelte auf, als ich mich draußen bewegte, er hüllte keineswegs nun diese Räder ein. Hier kam ich.

Trotzdem rutschte mir die neue Fahrradmütze bald bis in die Augen. Immerhin die Kopfbedeckung war ein kleines Geschenk meiner Schwester. Tatsächlich kaufte sie mir vor Weihnachten diese Haube und ich hatte mich enorm gefreut, als ich die Helmuntermütze in meinen Händen hielt. Ihre Wärme gefiel mir und meine grünblauen Augen lachten bis zum strahlenden Leuchten. Ich bewahre sie, die Fahrradmütze, zuhause im Flur auf, denn ich wusste nie, was mich draußen wieder erwartet. Jede Fahrradmarotte zieht unter solchen Umständen indes doch etwas nach sich! Keineswegs wollte ich jemanden auf die Nerven fallen. Es war ein Befreiungsschlag, der mir im Gedächtnis geblieben ist.

Das war das erste Anzeichen für einen nachhaltenden Radkontakt. Mir wurde wiederum klar, dass mein Fahrrad mich zur Bibliothek bringen würde, wenn ich bloß die Position jetzt halte. Ich beherrschte doch das Gerät halbwegs, tauchte in die Fahrt ein und kam kaum vorwärts. Aber ich durfte nicht in etwas hineingezogen werden, sonst verlor ich wirklich meinen Mut. Durchaus geschah doch vorerst nicht viel, was mir indes als ein jähes Abenteuer erscheinen könnte.

Ich nahm die Pandemie-Maske, hielt sie direkt vor meiner Nase und konnte dennoch das Buch abgegeben.

Dann machte ich rasch kehrt und sauste allmählich mit dem Rad ab. Bei meiner Rückkehr sprach ich paar Worte über meine verschärfte Situation. Ein weiterer Hieb, den ich an meinem Leib spürte, hatte ich mir mit dem Lenker zugeführt, als ich beinah einen Sturz in eine Pfütze gehabt hatte.

Weil ich mit der Kraft am Ende war, konnte ich vor Schmerzen nicht länger Fahrrad fahren. Aber als ich eine kleine Verschnaufpause einlegte, machte ich alles richtig und meine Position war sogleich klarer. Natürlich war ich aufgewühlt, erhob mich und führte mich schließlich ein, als sei das meine Gelegenheit. Die Augen bohrten immer weiter und meine Rübe brummte indes vom grellen Lichte. Mir ist alles recht, was mich bei der Fahrt nach Köpenick antreibt. Es könnte so leicht sein. Durchaus war es meine Hoffnung, dass der Wettstreit mit dem Rad wieder losgeht.

Ich musste mich wiederum fest auf den Sattel setzten und startete einfach durch den Wald. Nein, ich würde gerne eine Visage ziehen, dennoch mein Vehikel rumpelt jetzt fröhlich auf dem Sandboden. Momentan roch ich nach Stress, den mit dem ausgeprägten Duft und der Schmerz wurde stärker. Ich hatte aber keine Idee, warum ich mich so irren konnte. Immerhin wusste ich es zu schätzen, dass gewiss die asphaltierten Wege sicher sind, die mir zu einem Schub verhelfen werden. Allerdings mit dem Pedelec lebte ich auch riskanter. Durchweg spürte ich eher an meinem Arm, wie die Sonne durch den Ärmel strahlte. Dennoch man sah mir inzwischen an, sodass ich an der frischen Luft gewesen war. Mein Fahrradschuh war so geformt, dass die

Knöchel sich nicht an der Oberfläche scheuern sollten, so war es mir vertraut. Das machten sie aber wild und unverfälscht keineswegs mehr, wenn der Fuß auf das Pedal drückte, weshalb ich nicht mehr weiterfahren wollte.

Aus dem Wald kam hinter meinem Rad ein jüngerer Typ zu Fuß in den Sichtbereich und blickte hellwach zu mir. *„Kann ich dir helfen?"* sagte dieser Fremde. „Nein, nein." Innerlich lächelte ich, weil ich es selbst nicht wusste.

Aufgewühlt kurvte ich schließlich hin und her und versuchte immer wieder, mein Geschick abermals zu meistern. Ich sollte ein Stück an Routine wieder erlangen, sagte ich mir. Das Fahren hatte mir Freude und auch solche Schmerzen bereitet, genau wie der ganze Stolz. *„hm... Hast du noch mehr davon?"*, frage ich. Zuletzt hob ich die rechte Hand, um zu verstehen, dass ich jetzt keinen festen Bezug zum Lenkergriff hatte.

Doch eine Würdigung für ein solches Risiko fällt eigentlich oft aus und der Zweifel über den Sinn des Fahrradfahrers erhöht sich. Ich schnaufte, meine Augendeckel verdeckten die tiefen Augäpfel, und aus meinen Worten sprach nur noch Mitleid.

Jetzt war ich andererseits eine geringe Gefahr, wenn es gleichwohl nicht so wäre, wäre ich pessimistischer.

Dann war ich zuhause und das Umkleiden machte mir augenblicklich ein kleinwenig Mühe, als ich an mir hantierte, um den alten Zustand zu schaffen.

Seitdem waren Tage vergangen, ohne recht Fahrten zu riskieren. Ich war allein oder mit meinem Ernährer.

Der Gesprächsstoff schien uns mal zu entkommen, dennoch äußerte ich schließlich: *„Wollen wir nun weiter machen?"*

Als ich später wieder von einem Ausflug des Fahrradrennens zurückkam, kehrte ich wieder auf eine Stolperlinie zurück. Meine Stimme war eingetrocknet, denn ich könnte mit dem Rad wirklich stürzen aber zuckte nur die Schultern. Im Kern entstand aus meiner Position, die auch viele andere Dinge verursacht. In der Tat hatte ich Schwein und viel Glück gehabt.

Mein Elektrofahrrad tat mir jedenfalls beim Lenkerhalten mehr weh, denn die Griffe waren grade für mich unglücklich. Gut! Nach paar Minuten stieg ich wie ein Geist auf dem Rad empor. Als Schönheitsfehler sah ich es zum Schluss, aber ich lag am Abgrund.
Dennoch das wusste niemand! hm… Ratlos blickte ich herum und gestand mir, dass ich das E-Bike kenne, und meinen Leib auch. Ich zerriss die Idee, die ich gerade als Nachteil sah. Mir war schleichend die Lust vergangen. Ich wollte davon nichts mehr wissen. Das kleine Übel hatte angenommen als ebendieses Problem, das nicht ewig bei mir sein sollte.

Aber tatsächlich gab es inzwischen ein paar positive Hinweise. Ich dachte jetzt an einen Spaziergang mit den Stöckern, und wie ich die Schritte hinter mich brachte. Dabei sollte ich dieses Risiko eingehen, denn schließlich könnte ich ebenso scheitern. Meine ersten Worte lauten, dass ich nur ein wenig Geduld haben sollte und dass der Überflieger zum Greifen nahe sein musste.

Nordic Walking

Als ich im Haus am Dachfenster die Aussicht auf den Garten hatte, sah ich noch immer mich selbst. Dazu hörte ich die Kolkraben, die in den Bäumen saßen. Aber was ist die Bedeutung, die mich betrübt, wenn ich nicht mit dem Pedelec fahren konnte? Eigentlich wollte ich nur wissen, wie es weiter gehen sollte. Ohne derartige Ahnung konnte ich auch wirklich nichts schaffen. Meine Füße liefen nicht mehr und blieb mit meinem Rücken zur Terrasse stehen. So packte mich in diesem Augenblick wieder der Zweifel, ich befand mich in einer verzwickten Lage und beschloss, keineswegs ins Graß zu beißen.

Ein solches Wesen war gewiss kein Wilder mehr und auch kein Quälgeist. Tja, ich schaute oft zu sehr in die Pfützen und vergaß dabei nicht die damaligen Erfolge. Darin war ich eher ziemlich verwickelt. Doch mein Misserfolg wäre wiedergutzumachen.
Wie eine Blume, hatte ich schon braune Stellen und ich könnte auch welken. Zumal ich zappelig war, fand meine Finger in den Hosentaschen wieder und fing an zu schmollen. Das bisschen mehr oder weniger, dass ich noch hatte, wollte ich mit den Stöckern teilen, bis ich korrekt gehen konnte. Mir wurde bewusst, mit welcher Kraft ich meine Schulterblätter zusammendrücken musste. Die einfache Ehrlichkeit, mit der ich mich zu diesem Standpunkt entschlossen hatte, brachte ich auf einen Kaufeinfall. In meinem Schweigen lag ein gewisser Ansatz.

Ich wollte mein Leben eigentlich umkrempeln und hatte Lust auf diesen Sport. Anderenfalls verspürte ich womöglich doch eine Lust auf eine andere Art. Als würden mir damit die Bewegungen der körperlichen Fähigkeiten greifbarer werden. Also blieb ich zu Fuß, um das gute Leben zu schützen und zu erleichtern.

Doch ich hatte dazu eine Bitte. Warum fehlte mir im Moment diese Leistung? Am liebsten hätte ich gleich unter Einsatz meiner Mittel mitgemacht. Ohne zu wissen, wo ich gerade stand, machte es dagegen keinen Sinn. Dabei blieb ich noch niedergeschlagen, aber wenn ich länger lebe, werde ich fit wie ein Turnschuh werden. Auf geht's.

Ich glaubte, es gefällt mir, über meine Grenzen zu gehen. Danach zu trachten, war die mir auferlegte Pflicht, die ich den Stöckern beschreiten wollte. Es war, als würde in meiner Rübe jetzt Licht leuchten, weil eine sinnvolle Vernunft aufgetaucht war. Irgendwie musste ich hier ran.

Gespannt wartete ich, ob ich später Fahrrad fahren könnte. Aber wie viel hatte ich dann gewonnen? Ich selbst hatte ein neues Gefühl, das ich bald etwas unternehmen werde. Es war schon unglücklich, was ich augenblicklich hinter mir lassen wollte. Am liebsten wäre es mir, wenn ich mit den Stöckern einwandfrei zurechtkommen würde. Hierfür hatte ich einen eigenen Plan, der mich in Aufregung versetzen würde, weil er ein solches Erlebnis lieferte. Was ich hier erreicht habe, weiß ich inzwischen.

Wie wichtig war die zusätzliche sportliche Aktivität für mich? Ja... Diese Frage hatte in mir vielmehr einen voraussehenden Klang und ich versöhne mich auch lieber, indem ich dachte: *„Es könnte ein Grad leichter werden"*. Für den Fall machte ich mir nun schöne Gedanken. Meine Nase lief und es gelang mir, den Schnodder mit dem Taschentuch aufzufangen.

Ich war aufgetaucht, um mich zu quälen und die Probleme in der rechten Schulter zu bezwingen. Wiederum starrte ich auf einer gewissen Art. Vielleicht wäre es besser eine klitzekleine Korrektur beim Spaziergang anzustoßen und damit eine neue Spielart im Bewusstsein zu erzeugen.
Okay, ich hämmerte leicht mit den Vorderzähnen und musste überlegen. Ein Moment dauerte es, bis mir schließlich klar wurde, was es ist. Vorsichtig drückte ich mit meinem Zeigefinger auf die Schulter, prüfte die Gegenwehr und vergewisserte mich, dass dieser Instinkt noch vorhanden ist.
Eine einfache Bewegung! Mit aller Willenskraft hatte ich meine Armen bewegt. Ich rotierte durch den Busch, sollte stets gleichmäßig bei jedem Schritt den nächsten folgen lassen und war in der Tat etwas waghalsig.

Dazu führte mich das Auge zu einer abwechslungsreichen Gegenüberstellung vom schnellen Gehen zum Einsatz der Wanderstöcker. In meiner Rübe plumpste eigentlich ein einziger Aspekt, aber es gelang mir derart nicht. Doch im Grunde war das mein haarscharfer Ansatz, nach dem ich mich jetzt als Konzept richten sollte. Es handelte sich in dieser

Situation, die auf einer vermeintlichen Annahme beruht, was ich tun würde, wenn ich den geheilten Körper wieder aufbauen könnte. Ich wusste, meine Zeit wird kommen.

Zum Leben, an das ich immer volle Ansprüche gestellt hatte, anzustreben, war womöglich eine Wendung zur Verbesserung, die ich wohl bald erwartet hatte!

Mittlerweile hatte ich spezielle Gerät gekauft. Möglicherweise verzog ich leicht meinen Mund, aber nur die kurzen Worte kamen über die Lippen. Endlich hatte ich bei einem bestimmten Preis zugeschlagen um mit Nordic Walking, dass man als schnelles Gehen definiert, mich fit halten zu können. Ich hatte mit dem Kauf und mein Glück versucht, und kam dabei auf die Idee, die Laufstöcker in der geeigneten Größe zu erhaschen. Ich überlegte was mir eher gefällt und musste dazu diese Faustformel für die Stocklänge, zweidrittel Mal meine Körpergröße, beachten.

Was mich hinter der nächsten Ecke erwartete, wusste ich nun auch. Ich verstehe nicht viel vom Glückspiel, aber ich würde im Moment wetten, dass es los geht. Ob ich immer stets Durst dafür hatte?

Übrigens ist dieses Konzept auf ein Sommertrainingsplan für Skiläufer entwickelt worden. Diese Sportart mit einem regelmäßigen Bewegungsablauf schien mir für meine Schultern geeignet, weil die Stöcke nahezu am Leib geführt werden. Dabei sah erstmal dieses Training doch nicht übel aus.

Dann werde ich später das Fahren mit dem normalen Rad versuchen und womöglich gibt es bald keine Zeit mehr, die auf mich wartet.

Wenn ich die Macht nutze, um meine Fähigkeit zu rühren und die Kraft auf die Begierde bringe, werde ich wohl mein Ziel erreichen. Ich stellte mir auch vor, wie der Sturm wehte und die Bäume geräuschvoll zum Schwanken brachte. So ging es schließlich in meiner Realität. Aber so gut die Genesung zudem voranschritt, im Zweifel war es nur mein Hilfsmittel, das ich für meine Heimkehr rütteln ließ.

Die Laufstöcker standen an der Hauswand und wie lange sollte ich eigentlich schlafen? Mühevoll beteiligte ich mich Tag für Tag, wenn ich irgendwie in dieser Situation versuchte zu klappern. Als würde ich ein weiteres Rüstzeug erschaffen.

Aber war es möglich von mir und diesen Stöckern einen Abdruck zu machen? Okay. Dann kann ich gar hierbleiben, bis ich umfalle.

Ich wollte nun ein Spaziergang machen und ich sah schließlich eine Joggerin. Sie, die fremde junge Frau, die eine rote Freizeithose trug und einen Pferdeschwanz hatte, war an mir vorbeigegangen. Vollkommen attraktiv sah sie aus. Doch im Augenblick waren auch ihre Augen getrieben und sie versuchte zu arbeiten.

Inzwischen benutzte ich Nordic Walking als Trainingsmethode, war motiviert, weil es sich als Sportart entwickelt hat. Die Muskelkraft in meinen Körper, die mir stets die Energie umwandeln konnte, stand im Mittelpunkt meines Tuns. Im Moment klang meine Stimme wesentlich gelassener. Vor meinen Augen wurde durch Bewegung Wärmeenergie erzeugt und mir jetzt ein angeregter Stoffwechsel eingeimpft.

Im Laufe des Vormittags fixierten sich schon mal meine Bewegungen. Zur Sicherung gegen Abrutschen dienten mir die Handschlaufen bei der Kraftübertragung vom Arm auf den Stock.

Allerdings wurde ich gefühlt einem Atemzug lang, in die Vergangenheit zurückversetzt. Sonst würde ich mir auch einen mächtigen Ausblick der Gewissheit herbeiholen, dass die Hoffnung schon einnehmend ist.

Mit der Zeit begann doch dieser Gedanke mich zu beherrschen. Wenn ich mich davon völlig losmachen würde, könnte ich nicht zurück zu einer Fahrradtour.

Wofür fühlte ich mich nunmehr verantwortlich! Allen diesen Gedanken hinterhertrauern nutzte nichts, aber ich hätte eine Ahnung, wo ich sein könnte. Dazu tat ich Gutes, wenn ich beim Fahrradplan bliebe und mich darauf einrichtete, den kleinen Rucksack dafür zu schnappen. Dennoch was nahm ich wirklich wahr? hm...

Ich schaute mal aus dem Fenster und sah wohl eine weiße Wolke an. Es war noch vormittags, in meiner Vorstellung setzte ich mich schließlich auf den Sattel in der rauen Landschaft, um mir mit gewissem Vorsprung zu machen.

Hier steckte was dahinter, denn die Wolken könnten sich verdunkeln und käme als Abschluss ein kurzer Regenguss.

Im Traum trocknete nach dem Schauer die Sonne die Dinge, die doch nach der Finsternis erblühten.

Winter im Schnee

Ich wachte auf, atmete tief, bevor es zu dämmern anfing. Wenn ich nicht schlafen konnte, kamen mir auch störende Gedanken in den Sinn. Da hatte es draußen gefroren, dennoch hob es eher nicht mein Bestehen auf. Was beim Misslingen sein wird, vermochte ich vorher keineswegs zusagen.

Ich blickte stramm von der Seite in den Spiegel und rollte behutsam meine Schulterblätter. Woran dachte ich gerade? Schließlich wiederholte ich das Ganze, indem ich jede einzelne Bewegung testete. Ich schwieg einen Moment und blickte auf meine Aktivitäten, in denen eine Menge wartete, wenn ich in der Praxis eine Tour machen würde.

Ein Mensch braucht immer was, um zu überleben. Mit dem einfachen Rad könnte ich unbeschadet kurven. Alles war haargenau im Voraus geplant, aber jetzt? Wie wäre es möglich, solche Spur zu bezwingen?

Über ein vermeintliches Arbeitsfeld könnte ich bewerten, ob eine andere Person im Allgemeinen sich so opfern könnte. Jeder hatte Vorlieben!

Als ich zum Fenster ging und nach draußen blickte, zogen die bedrohlichen Wolken über den Himmel. Der Klang der Lautsprecherboxen könnte wiedergeben, was dieser pfeifende Wind soeben gespielt hatte.

Als Typ, der nicht trainiert war, könnte ich leiden. Ich blickte raus und sagte mir irgendwie was Unverständliches.

In der Küche gab es ein Fenster, durch das ich den Kaulsdorfer Busch nochmal schauen konnte. Ich entdeckte nun die wirbelnden Schneeflocken. Ich könnte frieren, aber ich sagte mir, dass ich erstmal einen straffen Spaziergang machen wollte. Gerade aß ich was, aber die Kälte könnte mir bis in meine Kopfhaut jagen. Unwillkürlich schluckte ich die saure Gurke, obwohl ich in meine Enge treiben könnte.

Die Ursache des Leides in meinem Bestehen, die ich abwerfen wollte, war, wenn ich die Realität sah, schwer zu bekämpfen. Bei diesem Gedanken schob ich den Hocker zurück, hielt den Atem an und stand auf. Ich war eben zum Marsch bereit, begab mich zum Ausgang, wo ich womöglich das schöne Ross, diese Reserve, nun hatte. Jetzt schüttelte ich mich und ich ging raus!

Was sollte ich machen, weil ich somit dieses Wagnis wollte, werde ich es endlich in der frostigen Landschaft auflösen. Da der zarte Schneefall durch die Natur wirbelte, sah ich den Weg nur verschwommen. Mensch, dass diese Saukälte so lange dauerte. Auf diesen Spuren gleitend, lief ich durch die Gegend, dennoch war es nicht einfach. Inzwischen wand ich den Kopf federleicht in die Richtung des Weges.

Die Zeit schlug eine Brücke zu einer Schneeballaktion, bei der ich zu Boden gefallen war. Ich dachte, *„Robert, lass keineswegs locker"*. Warum überlegte ich, wenn ich wusste, dass ich gleich wieder schlittern werde? Schließlich empfand ich unter meinen Beinen solche Bewegung.

Ich glaubte, dass ich später mit dem *„alten Vehikel"* fahren würde. Mir blieb ansonsten nichts anderes übrig, als eine Art Denksportaufgabe durchzumachen. Dennoch das Stampfen wurde zum Schliddern umgewandelt. Bestimmt werde ich wieder viele Radtouren allein herausfinden. *„Über diese Dinge werde ich dann eines Tages in Ruhe reden"*, fragte ich mich selbst. Dazu zuckte ich leicht mit der Nase, der Stirn und meinem Gesicht.

Doch mein Fuß glitt im Schnee. Ich glotzte das Eis an, hatte aber keine passende Nörgelei. Der Schutz, unter dem ich sonst stand, ist mir im Moment vergangen. Das Frostwetter könnte mir trotzdem streng in die Beine gehen und das Blut in den Adern nahezu gefrieren, wenn man das auch nicht merkte. So viel, dass es mich gerade packte? Ich schüttelte meine Rübe und zuckte mit meiner Brust. Ja, ich hatte keine blasse Ahnung, was noch passieren könnte.

Aber der Bezwinger des Fußmarsches fiel grade mitten in die Winterlandschaft. Der durch den Schnee stapfender Mensch, musste ich gewesen sein mit einer leidenschaftlichen Leistung. Darauf begann mein Leib sich komisch zu bewegen. Ansonsten wäre ich nicht hier.

Zweifellos meinte ich wohl, alles sei in Ordnung! Für eine lange Zeit übte ich mit dem Körper, besonders mit der Schulter. Ich blinzelte und wanderte eifrig weiter. Die Flocken fielen zurzeit und hafteten auf der Erde. Ich fühlte jeden Muskel und in der Tat auch die Jahreszeit.

Allerdings stand eine Sache im Ganzen noch folgenschwer aus. Ich zuckte zusammen und ich führte meine Zunge an die Lippen, die rau und kalten waren. Die ganze große Eisfläche wankte, und drückte auf das Nachgeben meiner Qual. Mir schien auch, dass mir die Knie ein bisschen zitterten. Okay, es blieb mir eigentlich nichts anderes übrig, als zu warten. Doch die Kälte kroch weiter in meinen Gliedern und ich spürte das an meinen Ohren, letztendlich wollte ich schneller marschieren. Salz im Leib hatte ich doch wenig, doch meine Würze für das Antreiben hatte mir den Geschmack versüßt. Warum sollte ich dagegen warten?

Das unrasierte Gesicht war jetzt zerknautscht und ich öffnete noch mehr die Augen. In diesem Augenblick durchquerte mich ein Schauer. Allerdings ist diese ferne Erinnerung jetzt leer geworden? Wenn ich den Kopf drehte, dachte ich, ist mein Geschick schon näher.
Demnach hielt mich dieses nordische Gehen in Bewegung. Die Kälte packte mich auch nicht mehr, wie am Donner gerührt wollte ich vieles machen, ausprobieren. Ohnedies war es in der Art eher ein Fliegen, als die Fähigkeit, das zu tun und zu erleben beim Streifzug des Tänzelns mit den Eispickeln. Es wäre vielleicht auch mit dem Rad fruchtlos gewesen.

Im Moment schritt ich gern mit den tragbaren Laufstöckern und das war das Geheimnis für mein Glück. Doch schnell löste sich diese rechte Schlaufe und dann streckte ich sie nochmal straff auf meine Hand. Schon oft habe ich es erprobt, denn ich hatte den ganzen Morgen Zeit.
Dabei fand ich es ganz großartig, wenn ich mit den Beiden gewatscht bin. Warum ich gerade diese Sportart

betreiben wollte, hatte ich eine Erklärung zur Übung. Möglich war mir das. Dafür kämpfte ich mit ebensolcher Macht an.

Anscheinend wäre ich mit üblichen Beinen paar Zentimeter kleiner gewesen. Doch wenn ich ein gewisses Tempo anschlug, deutlich gebremster als ich marschieren könnte, dann war es einfacher mit dem Schnee. Ich klammerte mich an diesem Glück fest, könnte trotzdem hinfallen und brauste aber direkt weiter in meine Richtung.

Die Schneeflocken setzte stärker ein, der Winter wird dennoch sicher enden! Ich erlaubte mir die Handgriffe in meinen Pfoten, indem ich sie mit den langen, dünnen Fingern bearbeitete. Aber die Augen worden klein und rund. Dazu hörte ich das schwere Atmen, mit dem man schließlich vorwärtskommt.

Was sollte ich sonst sagen? Unter meinen Augäpfeln waren bald keine Ringe mehr und ich war keineswegs abgemagert.

Weil sich die Dinge jetzt ändern könnten, sagte ich schon im Voraus, dass nichts ewig währt. Deshalb gab es eher keine Schwierigkeit, weil ich mich daran gewöhnt hatte. Dabei lächelte ich leicht.

Mit aller Kraft presste ich mich auf die Stöcker. Immer bekam ich irgendetwas mehr, von dem was ich mitgebracht hatte. *„Okay, meine hilfreichen Stöcker!"* Es geschah über die offene Hand durch Druck auf meine Schlaufe. Das war alles, woran ich jetzt hantierte.

Andererseits waren meine Hände trocken und heiß und Gedanken wieder tauchen auf, die in den Tiefen des

Bewusstseins verborgen lagen. Mein Leib war befördert, meine Strecke endlich geschafft, und damit mein Auftrag gegessen

Das Gesicht war ganz weiß geworden, die Lippen nicht geschwollen und ich tanzte bestimmt auch nicht. Jedoch dieser Typ wäre dennoch kein leeres Wrack. Auf mein Aussehen kam kein Ausdruck des Leidens, vielmehr fiel nur der Kopf schwach nach vorne.

Wie es sich dann gehörte, wollte ich durch den neuen Saugroboter meine Stube selbstständig richtig reinigen lassen. Solches war für mich Geben und Nehmen, was mich weiter am Laufen hält.

Ich richtete mich auf, die Muskeln erschienen sich nochmals zu erheben, und dieser Moment bewirkte, dass meine Lebensgeister zurückkehrten. Geschafft! Ich setzte mich erstmal auf meinen Drehstuhl und beobachtete, wie der volle Staubfänger immer wieder erschien. Ohne zu sprechen, nickte ich und meine Kehle war schließlich trocken.

Das Atmen wandelte sich nun. Zu guter Letzt biss ich mir auf die Lippen. Aber es könnte funktionieren!

Das Nachdenken fiel mir keineswegs schwer, wenn ich dabei in den Garten gehen könnte. Ich entschloss mich zu der Hollywoodschaukel zurückzukehren und konnte es kaum fassen, wie mit diesem neuen Staubsauger der Fußboden gereinigt wurde.

Über mich blinkte dennoch diese Sache aus meinen Schatten in der Gedankenwelt. Ich wusste, dass die zählbaren Roboterfahrten Wirkung hatten. Es klappte...

Fieber mit dem nordischen Gehen

Um meine Kräfte für den Kampf gegen Corona zu schonen, lag ich allein im Bett. Aber der Spürsinn war wach und die Augen starrten wohl keineswegs ins Leere. Unter der Bettdecke stellte ich mir eigenartige Fahrradsachen vor, schaltete schließlich die Nachtlampe an und döste dann noch mehr. Vielleicht hatte durch die Situation ein Bruch stattgefunden, und ich schwieg einen Moment. Ich brauchte nur zu denken, diese Situation verspannte sich daher in mir. Aber wieso spürte ich hier eine Träne? In einer Gedankenpause nahm ich diese Totenstille wahr, die sich über meine Rübe ausgeweitet hatte. Doch ich haderte mit mir, dann sagte schließlich: *„Ja, ich will jetzt aufstehen"*.

Obgleich mir noch ein wenig übel war, fühlte es sich so an, als hätte mir einer einen schlichten Schlag in den Bauch verpasst. Also hob ich die Füße und kontrollierte gleichzeitig mein Äußeres. Der Gedanke ließ tatsächlich die Laune ständig sinken.
Demzufolge hatte ich das neue Thermometer im Bad gesucht. Endlich fand ich dieses Gerät, hielt nun die Pistole etwa zwei Zentimeter vor der Stirn, während ich auf das Ergebnis kurz wartete. Somit checkte ich schließlich alle Möglichkeiten. Offensichtlich spielte es aber keine Rolle, denn die Temperatur zeigte unter siebenunddreißig Grad. Daraufhin stellte ich mich vor den Spiegel und steckte erst meine Zunge aus dem Mund. Okay, akzeptabel.

Nun wollte ich mich Frisch machen, drehte den Wasserhahn auf, und das kalte Wasser kam heraus. Wie in einer Fantasiewelt strich mir jemand mit einem Finger über meine Schneidezähne. Okay, meine Mundhygiene hatte eine schlimme Entwicklung vermieden.

Später war das Rasieren dran. Oh, schließlich sah mein Kinn im Spiegel aus wie eine zerkratzte Schramme. Doch nach ein paar Tagen war sie verschwunden. Was zu sehen war, entsprach nun der Wirklichkeit. Mein Haar wehte von üppigen, kleinen Falten umgeben. Doch, ich hatte keine Erkältung, nichts Ernstes. Ich trug auch dann ein schickes Hemd und eine Bluejeans. Unverblümt zupfte ich ein Schnupftuch in meine Hand, machte die Nase sauber und verstaute es anschließend wieder in der Hosentasche.

In der Küche schmierte ich mir endlich ein frisches Brot mit meiner Lieblingsteewurst und prompt roch es plötzlich köstlich. Auf meine freundliche Wolke am Horizont guckte ich heraus. Irgendetwas musste mir jedoch jetzt einfallen. Vielleicht wäre es ein gutes Gefühl, nur einen Durstlöscher zu haben. Ich machte mir also eine heiße Schokomilch und schüttete sie mir gleich auf die schöne Jeans. Meine Hose war jetzt denkwürdig und ich musste mich eher umziehen. Okay, so war es eben.

Ich fühlte mich aber ganz gut, der Puls war normal, die Stirn eben kühl und ich hatte bestimmt kein Fieber. *„Wie lange muss ich mich hier verstecken?"*, überlegte ich eigentlich. Weil ich meine Dinge oft vertauschte, verlor ich nicht die Geduld. Doch durch das Traben, wenn auch mit dem gesenkten Kopf war meine Bleibe abgesagt.

Das alles deutete darauf hin, dass nur dieser eine Treffer die eingegliederte Fesselung nicht lösen könnte. Meine Quelle für dieses Licht flackerte, und jede Böe bewegte meine Muskulatur. Schon war ich erstaunt über diese rettende Erholung und murmelte: *„Mir fehlt eigentlich nichts."*

Mir fiel ein, dass ich etwas *Neues* machen sollte. Wahrscheinlich hatte ich auch damit recht. Es war aber kein Traum mehr, gewiss. Seit einer Ewigkeit sah ich vor mir oft ein Schauspiel über das Bike.

Außerdem kreisten meine Gedanken auf den Weg zur Station U5 Elsterwerdaer Platz. Von dort konnte man weiter bis zum Hauptbahnhof über die Station Rotes Rathaus fahren. Mir sprudelte inzwischen dieser Quell im Takt aus meiner Nase hervor. Was sollte an dieser Sache verboten sein?

Momentan wusste ich, wie man mit dieser Strategie sich brüsten könnte. Ich hatte es mir auch beigebracht, dass ich eigentlich laufen könnte. Aber mir war es lieber, wenn ich Fahrradfahren würde. hm… Wenn mir was einfiel, war es bestimmt eine spezielle Idee. Dadurch hatte ich ja in dieser Weise mal meinen Alibi-Plan. Vielmehr gab es ein neues Gefühl, dass ich beschreiben könnte. Für einen freien Lauf ließ ich nun das Ding los.

Ich stand auf, meine Gedanken verloren sich und ich drückte schließlich die Terassentür Klinke. Rasch wollte ich Belastungen haben, machte eine unbestimmte Geste und schüttelte lächelnd den Kopf.

Ich steckte die Finger in der Schlaufe, machte eine bestimmte Bewegung und drehte meinen Verstand wieder zur Startposition. Mit der Pfote hielt ich den Stock, als müsste ich auf mein Gleichgewicht aufpassen. Als ich mich befreit hatte, marschierte ich zu meiner Strecke. Kein Lebewesen blieb dort von mir verschont. Ich ging durch dick und dünn, und wanderte durch die Landschaft. Auf dem Asphalt wechselten die Schatten der Bäume mit der Sonne. Doch die Hinterbeine waren schon einsatzfähig. Bei dem Aufstieg nahm ich alles an und hatte eher Vergnügen.

Was für eine Offensive! Ich wusste noch, wie der Schnee auf der Straße gelegen hatte, wenn ich in der Kälte mit dem Nordic Walking Stöckern wanderte und wie jemand mir wohl zujubeln könnte. Ein kleiner Hund sauste gerade zu mir und hüpfte um meine Beine herum. Ich streichelte nun das Fell des Vierbeiners, der sich glücklich mit dem Schwanz bedankte.

Ein angehender Sportler zeigt immerhin, wie der Typ sich abrackert. Tatsächlich wurde auch ich warm, aber ich konnte nicht aufhören. Demnach hörte ich gedanklich, wie mein Vorname gerufen wurde. Ich wusste, dass es ein munterer Teil von mir war, wenn ich jetzt an den letzten Wintertagen trainieren konnte, und dieser März wurde von dem stürmischen Wind begleitet. Aber es sollte bald wärmer kommen.

Der Einsatz von Stöcken machte aus, dass als Trainingsmethode ich schnell gehen konnte, bei der die

Muskulatur des Oberkörpers, speziell meiner rechten Schulter, beansprucht wurde. Misstrauisch streckte ich die Arme über meinen Kopf, doch am Kreuz spürte ich das Zipperlein.

Gleichzeitig sah ich in dem linken Fahrradhandschuhe ein kleines Loch und hielt schließlich den Mund. Jeder hatte seine Probleme. Ich beobachtete, wie ich trotzdem tänzelte.

Zuletzt öffneten sich die Schweißdrüsen und es traten Tropfen in den Achselhöhlen auf. Meine Stirn war aalglatt noch und schimmerte gar im Licht der Sonne.

Mein Rücken wurde bestimmt auch feucht. Hatte ich es so weit übertrieben? hm... *„Was könnte ich sonst machen!"* oder *„Was sollte ich hingegen tun?"* Schade, dass ich nicht warten konnte, dennoch bei einem Durchbruch mit gedecktem Schutz auf der Birne, würde ich soeben schmunzeln. *„Es fehlte nur noch ein Stückchen",* stellte ich fest.

Die Freude zeigte sich wohl auf der ganzen Linie und schließlich verschwand sie nicht mehr. Wie viele Schritte ich auf Dauer eingebunden war, wusste ich natürlich nicht. Erstmal wollte ich zu Hause einen großen Schluck machen, denn das auch nötig gewesen! Ich bewegte die Hand auf den Hinterkopf und ich berührte zugleich das Sofakissen. Danach knipste ich die Musik an und fühlte mich gleich friedlicher.

Jetzt legte ich den Kopf in den Nacken. Draußen wehte ein leichter Wind. Ich hielt noch Ausschau nach wildem Wein, während die Sonne noch leuchtete. Endlich konnte ich einnicken, war nicht mehr wach und schlief fest als Ausgleich auf der Ottomane.

Beim Betriebsbahnhof

Im Schlaf fing es wohl an zu hämmern. Die Morgensonne war jetzt aufgestanden, schien mir ins Gesicht, war dennoch begehrlich, auch wenn ich sie bereits an meiner Nase spürte. Dagegen machte ich was. Womöglich fehlte mir irgendetwas, zögerte gar, doch bald trat Druck auf meine Kauwerkzeuge. Ein mildes Kitzeln im Bauch erhöhte sich zum einfachen Flimmern, aber es bescherte mir kein Feuer. Meine Uhr war stehengeblieben. Aber wie spät war es eigentlich?

Wenn ich mich traute, würde ich womöglich etwas Richtiges machen. Was, wenn ich uneingeschränkt und unversehrt Fahrrad fahre? Okay, dieses Gefühl verschwand nie und für den Fall der Fälle wäre das ein Anfang.

Nur ein kleines Wunder konnte ich brauchen, sonst würde ich durch meinen Leib erdrückt. Indes dehnte sich die Musik aus, erfüllte den Raum durch die Melodien und mein Körper bog sich nun. Mein altes Leben war in weite Ferne gerückt, ich erinnerte mich aber gut.

Kontrolle und Bewegungsfreiheit waren im Moment die wichtigsten Dinge, die ich umsetzen sollte? Wer gegen die Gefahr verstieß, bekommt gewiss die Situation, über seinen Ausrutscher nachzudenken.

Aber warum würde ich später mit dem Bike nochmal fahren? Doch meine letzte Mission wird es wohl nicht sein! Bestimmt! Ich überlegte, ob das eine Therapie für mich wäre. Okay, nie verlor ich die Hoffnung und nahm mir endlich meine Fahrräder. Erstmal pustete ich die Wangen auf.

Leider hatte ich keine andere Wahl und ich war deshalb sprachlos. Wahrscheinlich spürte ich gleich meine ausgeleierte Schulter. Also schön. Immerhin strahlte die Sonne hell wie nie zuvor.

In Gedanken war ich bereits dabei und legte wieder los, bevor meine Sache erneut erhärtet war. Zunächst spritzte ich das Gerät voll und schwenkte dabei mit dem Schlauch das Wasser über das dreckige normale Rad. Doch dann fand ich meinen Anblick komisch, weil ich schon einen Fahrradhelm trug, obwohl ich seit Wochen kein Untersatz fuhr. Momentan dachte ich und ich mummelte leise: *„Der Winter ist indes vorbei".* Augenblicklich flammte wieder meine Fahrradstory auf. Und abermals war ein neuer Antrieb in mir ausgebrochen, der sichtbar meine Sehnsucht einschloss. Durchaus hatte ich so lange gewartet, beugte mich und zog meine Handschuhe an. Hinter dem Lenker durfte ich immerhin auf meinen *normalen Sattel* Platz nehmen. Erstmal setzte ich mich auf diesen Lastenträger.

Tage des Glücks, gewiss.

Zu Beginn hatte man mir auch Beine und Hände mitgeliefert, mit denen ich mich bewegen konnte, doch eigentlich reichten sie keineswegs aus, um zu strampeln. Ein neues Umfeld machte sich mir wieder auf, wurde zum Merkmal meiner Spur und verstärkte sich allmählich darin.

Die Hände wirkten eher starr vor Anspannung. Dabei wollte ich das Gefühl des Wandels spüren. Ich atmete durch die Nase, und der Schweiß rannte mir wieder aus allen Poren, aber der Mechanismus hatte sich in diesen Tagen festgesetzt.

Während ich mich auf meinem Fahrradweg weiterbewegte, bemerkte ich, wie eine Böe sich für mich änderte. Verrückt oder normal, in solchen Minuten fiel es schwer, mit dem Drahtesel nicht zu fahren. Ein Echo aus der Vergangenheit schwebte nun durch meinen Geist, bei dem ich mich bis zu den Mundwinkeln erfreute.

Mein Ziel, das ich mit dem normalen Fahrrad wieder entdeckte, rückte näher. Ich traute meine Augen nicht, wenn ich eher erlebt, was da los war. Tatsächlich existierte ich jetzt mit diesem brauchbaren-fahrenden *Ungeheuer*. Ich formte an diesem vielmehr irgendetwas um, und es war ein guter Rat. Ich wollte nur das Beste und würde nachfolgend mich gern wieder mit dem Pedelec-Leben bemühen!

Kein Laut entkam mir, aber dennoch bewegten sich leicht die Lippen. Dieser Vorhang des Erlebens war schon geheimnisvoll, weil ich in der Tat nie wissen konnte, ob derartige Dinge wieder passieren konnten. Dabei zeigte es indes nicht, dass ich mit dem Bike unverwundbar war.

Ich wollte dieses Geheimnis wiederentdecken, in allen Hindernissen eine Chance zu finden und diese zum Sprungbrett machen. Auf irgendeiner Weise schien ich meinem Rad zu vertrauen. Die meisten Fahrradtypen haben weiß Gott eine geringere Sorge, solches Risiko zu akzeptieren. Ich stiftete keine Verwirrung, weil ich mittlerweile so tat, als wechselte ich zu meinem bewährten Pedelec. Doch dieser Kerl, wie man ihn nun auf den Berliner Straßen fand, öffnete die Knöpfe seiner Sportweste.

Okay, um die Lungen mit Luft zu füllen, wollte ich prompt das Ding machen. Ich nutzte auch eine Untermütze, die ich, wie ich fand, lustig auf dem Kopf unter dem Fahrradhelm steckte. Hierbei vergewisserte ich mich, dass diese Mütze und der Helm richtig sitzen. Im Moment hatte ich müde Beine, bewegte mich dennoch voran und weiter wie ein Fahrradtyp, als der ich je wieder starten wollte. Um in gerader Linie zu fahren, beugte ich mich nach vorn.

Mit hohem Arbeitsaufwand bewegte ich mich und brauste so auf meinem Stahlross. Wie kam es eigentlich, dass ich durch diese Idee, ein durchschaubarer verzwickter Meilenstein, tapfer wurde. Ich kämpfte für diese Überzeugung mit Taten, nicht mit Worten. Für diesen Zweck schleppte ich einen kleinen Rucksack und einen Durstlöser mit. Die Schatten der kahlen Laubbäume reichten soeben noch bis zur Gartenlaube, dahin starrte ich und bog dagegen in meiner Straße ein.

Mein Gesicht sah doch nicht verknautscht aus, sondern ergänzte an den Mundwinkeln ein leichtes Lächeln. Es machte mich glücklich, wenn ich sah, dass alles möglich wäre, und das brach übers ganze Gesicht aus, dass die Zähne funkelten. Hierzu saugte die Fahrradmütze die Wasserperlen von der Stirn. Stolz sagte ich mir, dass ich den Halt nicht verlieren werde. In dieser Phase wäre es doch ein anderes Leben mit meiner Siegestrophäe.

Aber ich unterdrückte schließlich mein Lächeln und fragte mich schnell. Eigentlich musste ich eine kleine Pause machen? Dennoch dehnte sich diese Fahrt sehr, dabei hatte ich gegenwärtig einen teuflischen Plan in meinem kleinen Geist. Ich fegte neben dem Betriebsbahnhof Schöneweide auf einer neuen Straße. Doch bald wurde der Bahnhof umbenannt, als Station Berlin-Johannisthal im Bezirk Treptow-Köpenick.
Hier sah ich eine freie Parkbank, stoppte das Fahrrad und setzte mich. Durch diesen Zufall gönnte ich mir jetzt eine Pause und unterbrach den Weg, auf den ich mich abermals weiterkonzentrierte. Ich nahm mir Zeit, um auch den Durst zu stillen.
Noch war meine Feldflasche voll und ich setzte an. Als Abschluss habe ich die halbvolle Feldflasche mitgenommen. Das hat mir wohl zu einem Sprung verholfen, und ich steckte sie erneut in meinen kleinen Rucksack. Womöglich hätte es mir sonst gewiss Langeweile erzeugt.

Allmählich fing es an zu schneien. Daraufhin öffnete ich meinen Mund und er blieb mir weiter geöffnet stehen. Dann versuchte ich mit der Zunge die großen Flocken aufzusammeln. Ein leises Brausen hörte ich auch, als ob die Windstöße auffrischten. Doch, es schneite immer stärker, deshalb drehte ich letztlich den Kopf auf die linke Seite, um trotz des Gegenwinds zu sehen. Die Bewegung haben meine Muskeln dagegen eh standgehalten. Okay.

Große, schwere Schneeflocken klatschten auf mein Gesicht, dieses machte gerade ein aufmüpfiges Verhalten, wie bei einer bitteren Medizin, die einem unter die Nase geschoben wird. Ich bewegte mich mehr, aber bemerkte, bis zur Kiefholzstraße könnte sich meine Kehle so vielmehr verstopfen.

In der Nähe vom Plänterwald sagte ich mir, es geht mir dagegen doch gut und ein paar Lachtränen verbreitern sich in meinen Augen. Jedoch fühlte ich, wie mir abermals die Luft fehlte. Als ich aber aufhörte, mich mit der Fahrerei zu beschäftigen, war ich nicht froh, sondern das hinterließ gewiss eine schnelle Leere in mir. Wiederum drückte ich mir die Wasserflasche in die Hand, und sagte *„Hier, stärke mich."*
Ich trank schnell und meine Kehle war willig. Das laukalte Wasser brannte ein wenig im Hals und lief schnell in den Magen runder. Doch das rote Gesicht war nun verschwitzt, aber ich hatte eine klare Stimme.
Kritisch musterte ich aber mein schneebedecktes Bike mit Rädern. Ich dankte mein verrücktes Stahlross und würde dafür ebenso mein Bestes tun.

Es gab viele Einzelheiten, die mir bei dem Rad-Leben im Gedächtnis kleben bleiben. Ich fuhr mit meinem Vehikel weiter, und die Augen halfen mir auf der Spur. Genau das Richtige, dass ich er gearbeitet hatte. Von allem war ich sogar erfüllt, und vom einfachen Drahtesel bis an den Rand wieder gesättigt. In der Tat schienen mir diese Möglichkeiten nicht übertrieben.

Anschließend brauste ich in Richtung Wald. Zum FEZ, Freizeit- und Erholungszentrum, gondelte ich in die Wuhlheide und mochte im Moment die Bäume. Mein Handeln war mehr als nur ein kühner Plan geworden. Deswegen sagte ich erstmal nichts.

Tierpark während der Corona-Krise

Nachts drehte ich mich im Bett einfach um, schlief ein und mein Wirrwarr kam. Im Traum hatte ich in dieser Nacht eine verführende Begegnung. Ich wollte erstmal eine Dusche haben. Im Badezimmer machte ich das nasse Element auf, wollte mich ausziehen und schließlich in die Duschkabine gehen.

Dabei umnebelte das heiße Wasser die Luft, eine schöne Nixe kam und streichelte zuerst mein Arm und danach meinen Körper. Ebenso erwiderte ich die Situation.

Am Fensterrahmen sah ich in aller Offenheit ein Kondom liegen, nahm ihn auf und überstreifte das männliche Glied. Bevor ich sie eindrang, wehrte sie sich mitnichten, und die Fleischeslust war auch nicht schlecht. So weit, ich mich wohl daran erinnerte.

Die folgende Wirklichkeit wollte ich ohne Stress aufstehen, wusch mir das Gesicht und zog die Klamotten an. Dann nahm ich die Klinke der Terassentür und schob sie mit der Fußspitze auf. Es war ein kühler Morgen. Okay... Daraufhin hatte ich über die ausgesuchten Touren mit dem Räderwerk nachgedacht. Es handelte sich genau um für meine Person. Das Instrument, das Fahrrad, war dabei unter anderem die Geschwindigkeit zuständig.

Da ich eine einfache Kreatur aus einem Guss bin, und damit aus mir oft die Bewegung herausquoll, ob ich Rad fuhr oder umherging, war ich gleich zappelig. Um die Größe meines Rüstzeugs zu zeigen, breitete ich jetzt beide Arme aus. Was wohl aus mir geworden wäre? Jetzt war ich drahtig, aber in paar Monaten könnte ich doch zunehmen.

Dennoch ist der frische Fahrradtraum wieder da, sagte ich nun mir. Dabei aß ich etwas, kein Wort habe ich verloren und wollte mir diese Chance so nicht entgehen lassen. Deshalb überlegte ich irgendwie, was ich tun könnte.

Halt, wir, meine Eltern und ich, sausten auf den Sätteln der Rösser zum Tierpark in Berlin. Das war doch nicht schlimm.

Ich bewegte mich vorwärts, meine Augen leicht zugekniffen und die Fahrradschuhe auf den Pedalen.

Wenn ich meine Gewinne anschließend erzielte, war das nur auf Kosten von meinen Beinen. So berührte ich mit der Hand meine heilende Schulter, die Stimme zitterte und ich kam in helle Aufregung. Eifrig blickte ich nunmehr, wie toll es sei, auf einer Tour zu sein und eine Böe auf meinen Leib im geringfügigen abgeklärten Alter zu spüren.

Im Moment war ich sicher, wenn ich vom Radfahren sprach. Seit es für mich begonnen hatte, war ich gut mit dem einfachen Rad unterwegs. Vielmehr brauchte ich keine Wanderstöcker und gab einen fröhlichen Ton von mir.

Aber als der tolle Kopfschmuck, wurden meine vollen Haare immer länger. Ein Lächeln verlangte mehr Falten in meinem Gesicht, und endlich sollte sich die Welt für mich drehen. Indes schrumpfte meine Distanz zum Rad und dehnte sich die Zeit dabei aus. Wenn es mir passte, kurvte ich. Doch ich musste mich vorsehen und ich nahm es mir schließlich vor. Inzwischen wurde es mit diesem Zweirad ein schönes Abenteuer.

Übrigens thronte sogar auf meinen Kopf mit Unterziehmütze ein verwegener Sturzhelm, und die Haare klebten bald an der Stirn. Damit kurvte ich neben die U-Bahnstrecke U5 vom Elsterwerdaer Park zum Tierpark. Trotz aller Ordnung verschluckte ich mich wohl und nickte geduldig mit der Birne. Anschießend zog ich den Schlüssel aus dem Fahrradschloss, und schloss dann den Drahtesel an einen Fahrradständer, was ich auch mit beiden Augen kontrollierte.

Ich blickte in den Eingang zum Park und lief letztlich zu Fuß dorthin. Das Bärenschaufenster wollte ich ebenfalls ansehen. Gleichzeitig nahm ich mein Helm beiseite. Schließlich korrigierte ich meine Untermütze mit zwei Fingerbreite um den Kopf, zog die Fahrradschuhe aus, wechselte die Schuhe und verstaute sie sogleich in meinen Rucksack.
Dann lächelte ich prinzipiell mit meinem aufleuchtenden Sehorgan. Der junge Mann von der Kasse nahm meine Münzen entgegen. Wir hatten unsere neuen Eintrittskarten, und wollten hineingehen.

Gleich machten wir eine kurze Runde zum Schlag. Wobei ich mich in dieser Situation freute. An meiner Seite war jetzt dieser Esel, das Langohr, keine drei Meter entfernt. Es war ein wilder impulsiver Kerl, wie man ihn im Tierpark erlebt.

Doch meine Füße kitzelten und das Gelänge, auf dem die Gräser und die Bäume im Winter überdauern, war hauptsächlich voller Tiere. Immerhin meine blauroten Lippen zitterten und mir war, als hätte ich einen starken Gesuchsinn. Wir kamen aus der Kälte an das Giraffenhaus. Drinnen war es warm, und keine Miene verfinsterte sich, draußen waren absolut keine Giraffen und das machte schnell einen Unterschied.

Ein fremder Besucher sagte: *„Oh, ich glaube, ich habe trotzdem Freude!"*, und hatte einen Sack über dem Kopf.

Endlich sah ich der Bau des Alfred-Brehm-Hauses, und im Augenblick war ich zudem von den Tieren erfüllt. Außerdem gab es ein kleines Geheimnis, es wurde bebaut. Deshalb konnte ich nicht drinnen sein.

Ich wankte, aber mein Gleichgewicht verlor ich nicht und fiel nicht vom Weg ab.

Beim Gehege hinter der großen Glasscheibe ruhten die Bären. Mir war trotz allem kalt, doch im Tierpark nähe dem Totempfahl stand ein Imbiss. Erneut grinste ich, jedoch die Lippen zitterten, als wäre mein Mund von Väterchen Frost.

Eigentlich musste ich mich aufwärmen und wollte aber nur ein Käffchen trinken, bevor ich mich zu einem Fußmarsch einlud.

Würde ich es wagen, diese wildfremde Frau einfach anzusprechen, wenn ich auch nur paar Worte sagte. So manches wollte ich über das Verkaufen erfragen, hatte es erfahren und redete mit dieser jungen Dame, die vom Geschäft lebte.

Ihre Blicke erweckten in mir das Gefühl, das mehr solche Fragen passabel seien und wir unterhielten uns schließlich. Doch die kalte Natur war hier und in mir fühlte es sich so an, als umschließe mich nur ein leiser Ton. Ich hörte sie zum Abschluss, bezahlte für den Kaffee und sagte, ich würde mich wieder auf den Weg machen.

Die Coronakrise war ausgebrochen, und in Berlin waren nicht genug geöffnete Lokale. Weil ich nicht Essen konnte, bekam ich bestimmt großen Hunger. Meine Haare wuchsen ansonsten wie Unkraut. Ich wünschte, ich könnte meinen Kopf und damit mich erleichtern. Doch ich tat es noch nicht, machte mir keine Sorgen und genoss die Zeit. Immerhin schob ich die Haare beiseite hinter meinen Ohren und ließ sie dort herabfallen.

Außerdem wollte ich wieder dieses Café-Leben kennenlernen.

Ich fand den Ausgang, auf dem Weg rutschte mir bald mein Finger ab, und ich musste durch den Schwung balancieren. Dort wollte ich gleich auf meinem Drahtesel starten, weil ich nun auf das Glück vertraute. Durch einen Stoß ging es mir wieder mehr als gut, und ich saß auf dem Sattel, als wäre nichts geschehen.

Der Rutsch ins Tierreich hatte sonst auf mich einen Einfluss gemacht. Ich nahm diese Region auf, der Fahrtwind wehte mir jetzt entgegen, und ich legte noch mehr los. Mit dieser Energie bewegte ich mich und mittlerweile rotierten meine Beine, um den Esel zu fordern, dadurch verbrannte ich gleich die erhaltenen Kohlenhydrate.

Pedelec erneut

Um die Leere zu füllen, regte ich mich endlich auf. Wenn sich dieses Elektro-Rad wieder dreht, steigt mein Gefühl und das wäre für mich wie *hin und weg*. Mein größtes Problem war, das ich bisher das Pedelec nicht fahren konnte.

Ich hatte mich, wenn auch nur vorläufig, wieder gefangen. Vielmehr wollte ich an Dinge denken, die nichts mit Fahrradfahren zu tun hatten.

Aber nicht, weil ich die Hoffnung verloren hatte. Eine angespannte Atmosphäre entstand, als würde ich wieder ein Opfer werden? Ich schnappte nach Luft, etwas musste ich machen. Manchmal dachte ich, dass diese Situation schon futsch wäre, bevor ich wieder gut starten könnte.

Die Eiswolken am Himmel reflektieren das Licht geheimnisvoll. Würde das möglicherweise meine Pläne beeinträchtigen? Warum dachte ich das grade? Okay, ich wusste, dass meine Grübelei zu Ende bald war. Manchmal murmelte ich irgendwas, jedenfalls klang es nach keinem Freudenschrei. Doch jeder plötzliche Einfall rief wieder eine Gänsehaut bei mir hervor.

Was mich aber aufregte, war jedoch nur, wie es sein könnte. Meine Schultermuskulatur fühlte sich eigentlich normal an, weshalb ich das Gesicht nicht verzog. Indem ich meine Augen offenließ, schätzte ich das, und ohne die Gestalt zu berücksichtigen. Darüber war ich mir ja im Klaren.

Ich wusste, egal, was ich womöglich tue, dass die Empfindung mitspielt. All dies war in meinem Tumult, in den mich jetzt versetzte. Gerade rührte ich mich und ich putzte schon die Sonnenbrille mit dem Brillentuch.

Aber ebenso hatten sie mich, ein paar Dinge, beraubt und allmählich hatte die Luft auch eine gewisse Schwere. Auf den ersten Blick war ich natürlich elektrisiert.

Nunmehr hielt ich die Augäpfel geschlossen, atmete mit Würde und lag immer noch in meinem winzigen Raum. Was kommt als Nächstes? Mein einziger Wunsch war es, das Elektrofahrrad wiederum zu fahren. Schließlich presste ich mit meinen Fingern unter den Nasenlöchern, und vertrieb bestimmt damit meine Zeit. Wenn ich durch ein kleines Wunder etwas bekommen würde, um eine weitere Gelegenheit die Chancen des Pedelecs zu nutzen.

Für meine Wenigkeit behielt ich keinesfalls das nur als gedankliche Absicht. Durchaus nahm ich den Mut zusammen und so erhob ich mich.

Solche Tendenzen waren richtig und ich beabsichtige dieses Ungeheurer zu beherrschen. Ohnehin wäre es mir am liebsten. Aus eigenem Willen hatte ich es mal geschafft zu entkommen und ich versuche nun das E-Bike zu erreichen. Aber diese Reaktion vermittelte mir auch die Vorstellung, dass mit meinem unangenehmen Schmerz des Armes die Welt untergehen könnte. Was könnte ich weiter zu diesen Lebensweisheiten im Moment sagen?

Mir fehlten eher die Worte. Momentan könnte ich keineswegs aufhören, im Erinnerungsschatz zu wühlen. Und was musste ich leisten, um wieder die Medaille zu bekommen?

An einem jungen Tag, als ich wieder abfahren wollte, war ich gleichwohl schnell bereit und wartete vor der Gartenlaube. Ob ich in der Bewegung eingeschränkt sein könnte, war eigentlich meine Frage? Abermals testete ich mein Elektrofahrrad umso mehr, jedoch wäre jetzt eine Begegnung mit der Natur noch angenehmer. Ich zeigte vielmehr bei meinem Versuch eine enge Verbundenheit zu meiner Schwäche und berücksichtigte, dass daraus trotzdem eine Freude entsteht.

Vielleicht funktionierte es mit diesem Ding und ich könnte ohne Schmerzen um die Kurven fahren.

Doch verlor ich allmählich gewiss nichts gegenüber meiner Position. Am Ross sinnvoll dieses Gefühl zu erfüllen, könnte dennoch ausgesprochen befriedigend sein. Es gab für mich einen neuen Schub, neue Ziele und eine neue Frische. Mit einem Nicken drehte ich mich um, nahm das Fahrrad und vertiefte mich in die liebe Sonne.

Alles fühlte sich sehr real an. Doch durch einen kleinen Irrtum meines Bewusstseins entstand so eine Ahnung. War dies nicht seit einer Weile zwischen mir und dem Fahrrad bis auf einen Grund zähflüssig und nicht aufgetaucht. Es dauerte, bis diese Dinge vorübergezogen waren und meine Grenzen endgültig hinter mir lagen. Ich brauchte aber nur eine kurze Zeit, um mich an dieses beherrschende Prozedere zu gewöhnen.

Indes war es für mich auch ein Lichtblick. *„Keine Unsicherheit"*, dachte ich nun.

Zudem saß ich schweigend auf dem Sattel, lauschte und hörte die Melodie des Waldes. Sorglos fuhr ich mit dem Pedelec, starrte meinen Piephahn an und dachte *„Na, wie geht's dir"*, als ob der mir irgendwas verraten könnte. Wahrscheinlich gab es auch Gestalten, die es meinten, einen Mann in die Eier zu treten.

Immerhin, das Glück kam, denn meine Bewegung hatte mir immense Energie und übermenschliche Kräfte beschert. Damit erzeugte ich so etwas, als würde ich in meinem Kopf ein bestimmtes Programm eintippen. Ich wunderte mich und versuchte mich an diesen Sturz-Tag zu erinnern. Das Zusammenschmelzen wurde jetzt wieder realisiert und endlich half mein Pedelec mir, diese Bewegungen zu finden.

Mit leeren Magen hatte ich mich durch die Landschaft geschlagen, presste jetzt meine Fingerspitzen gegen die Schläfen, bis ich den nächsten Gedankenzug hatte. Plötzlich kam der Zufall, dass sich der Tastsinn der Finger zeigte. Vermutlich sollte ich mehr in der Lage sein, die eigene Rübe zu gebrauchen.

Doch angenehm trug nun der ganze Leib das Glück meiner Heiterkeit. Ich warf einen Blick voraus, wollte ein paar Worte murmeln, aber ließ es gleichbleiben. Bei schönem Wetter sauste ich durch die Lande, die Luft war eher frisch, die Bäume, die Felder und die Seen waren ganz aufgeräumt.

Paar Schweißtropfen bildeten sich und ich runzelte die Stirn. Wie lange werde ich so mitmachen können? Es war schon riskant, dass ich nach der abrupten Wende wieder gespielt hatte. Ein Lächeln erschien darum auf meiner Fassade. Ich suchte eine Parkbank, um einen schönen Boskoop zu essen. Der Apfel lag im Rucksack. Nach dem Suchen aß ich den besten Apfel so, als würde ich einen ganz besonderen Genuss verzerren.

Auf Grund dieser Tatsache beendete schließlich das Bedenken zwischen meinem Pedelec und mir. Nachdem ich mit dem Boskoop fertig war, startete ich wieder. Als ich auf dem Sattel saß, rappelte mich auf und streckte mich nun. Erstaunend, ein leichtes erneutes Lächeln umspielten meine Wangen, weil ich diese Nahrungszufuhr einverleibt hatte.

Aber diese andere Erinnerung verschärfte sich. Die Pandemie. Ich glaubte über meine Haare zu wissen, dass ich mit meinem Look nicht lange mitmachen würde?! Okay, ich hatte mich doch schließlich damit versöhnt, nichts zu machen.

Doch mit Hilfe von Bedürfnissen die Fähigkeit entwickeln, wieder etwas zu erschaffen, machte es möglich, dass ich faktisch echte Räder für mich benutzen konnte. Solches Unglück, den ich früher hier spürte, war ein echter Schmerz. Nachdem ich auf der Unterlippe gekaut hatte, dachte ich, *„Ich bin wieder da"*. Meine eigene Situation war jetzt erreicht und alle Lichter in mir strahlten.

Bald kümmerte ich mich darum, was für eine Frisur ich haben wollte, weil ich in Berlin die Möglichkeit hatte, diese nach meinem Geschmack zu formen. Die Friseure konnten nach der Corona-Regel im März anfangen, die Haare der Kunden zu schneiden.

Immerhin möchte ich mich erstmal impfen lassen! Während dieser Zeit der Ausnahme, die von dieser Pandemie herrührte, versuchte ich in jeder Hinsicht alles zu erfüllen.

Derselbe blieb ich schon, mein Plan könnte auch aufgehen und führte ihn bis zum bitteren Ende? mh... Bisschen war ich aber unsicher auf den Beinen und strebte trotzdem mit einer zweifellosen Freude einen echten Biker an.

Seit ich angefangen hatte, alles, was ich tat, im Wesentlichen zu beschreiben, wurde es zu einer wunderbaren Sache. Überhaupt litt ich darunter nicht. Gelegentlich ging ich gern zum normalen Drahtesel zurück und war von ihm wohl keineswegs verzaubert. Mit einem Geräusch klatschte ich mit der Hand auf den Sattel. Unerwartet schien ich es zu wissen: *„Es hatte lange gedauert, jedoch meine Lage hatte sich auch weiß Gott verbessert. Alles hat gepasst."*

Müde Mark

Die Lippen bewegten sich, doch es kamen keine Worte heraus. Demzufolge herrschte Schweigen, und es drängte sich in der Tat meine Geschichte vom Radfahren an die Oberfläche. Fest vertraut lag ich da, griff einfach mit den Fingern nach der hellen Pflaume und steckte sie mir in meinen Mund. Ich sah die verbleichenden Stellen an der robusten Fahrradweste, wo man die Riemen des Rucksackes aufmachte.

Der März ging zu Ende, der April begann. Wie ein Trotzkopf wollte ich in meinem Schädel reinblicken, um zu sehen, was sich dort entwickelt. Wenn ich von der Entwicklung sprach, dann meinte ich oft meinen Drahtesel. Es gelang mir auch am besten, wenn ich auf einer Fahrradstrecke den Alltag entfloh, wo ich mein Geschmack aufbrechen könnte.

Manchmal stockte mein Atem, und ich drehte mich hin und her. Warum gab es an meiner Seite einfach auch Kummer? hm...

Ich gab mir selbst schuld. Dann zog ich mich erstmal ins Badezimmer zurück und schloss mich ein. Das Wasser rauschte ins Waschbecken, und ich flüsterte etwas. Das war keineswegs falsch, denn die vertrauten Wege von Pleiten waren freilich irreführend.

Weil ich jene Energie hatte, ging ich wieder in meine richtige Bahn. Durch den bewegten Einsatz des Körpers war ich jetzt fit wie ein Turnschuh. Oft umklammerte ich das Geländer noch fester, ging den Flur entlang und sah am Ende des Flurs endlich die Terrasse.

Hier hatte ich mein „*altes*" Stahlross und mein neues Pedelec. Wenn ich nun die Gelegenheit verpasste, sollte ich es später mit der Fahrerei bereuen und meine Sache wieder in Rätsel hüllen.

Ich beugte mich zu den Fahrrädern herunter und dachte dabei hatte ich es doch wirklich gut erwischt. Wenn ich mich entschieden hatte, zog ich das ganze durch und mein eigenes Leben könnte sich verändern. Davon bekam ich Gänsehaut an den Armen und all diese Marotten wirkten vielmehr ansteckend.

Ein neues Gefühl durchschlug mich, wenn ich restlos vor solchen Rausch stand. Bei mir waren bereits einige Dinge passiert und es könnte energisch endlos so weitergehen. Ein neues Bike wäre keineswegs für mich irgendwas Illegales. Wie ein Kolbenfresser bewegte ich mich weiter, weil es der Plan war solchen Untersatz ausschließlich mit meinen Beinen zum Rollen zu bringen. Ich weiß noch, wie oft ich es früher vergeblich mit dem einfachen Rad versucht hatte.

Ich war im Zimmer und dachte, jeder Schritt ist schon entscheidend. Ich drückte den Schalter zur Musikanlage und aus den Boxen hörte ich die Töne. Über die Tastatur am Rechner bewegen sich meine Hände schließlich hin und her, ohne über was Verwirrtes im Hinterkopf zu brüten. Wenn es mir passte, rätselte ich. Offenbar organisierte ich mich neu, hatte aber oft schlechte Manieren und die machten alles aufreibender. Daraufhin zog ich stets die Augenbrauen zusammen, sagte kein Wort. Aber was war mit meinem Glück?

Erstmal nahm ich in der Küche ein Glas, drehte die Trinkwasserleitung auf, füllte es und trank.

Inzwischen war bereits eine Gier nach dem Neuen zu suchen, in mir entstand und ich hatte deshalb einen neuen Drahtesel nach den individuellen Wünschen bestellt. Irgendetwas missfiel mir dennoch und auf mein ganz neues Konzept kam ich eigentlich, nachdem ich eine Weile überlegt hatte. Die Auswahl war immens groß, aber es schien nur eine beste Möglichkeit für mich zu geben. Vielleicht würde es doch später unter mir krachen, poltern, und meine Strecken würden nicht mehr funktionieren. Ich probierte allerlei Techniken, bei denen ich durch Veränderungen meine Vorgehensweise erreichen wollte. Es herrschte jetzt in mir ein glückliches Schweigen, was mich zu meinem Vergnügen erstmal führte.

In der letzten Zeit hatte vor allem meine Ausführung dieses Wunder vollbracht, weil so mein neues Trekkingrad einsatzfähig entstand. Ich fand das eine aufsteigende Perspektive. Okay, wenn es fehlschlug, könnte ich scheitern. War das mein Problem? Nö…. Ich wich nicht mehr von meiner Position, setzte mich vor dem Fenster und sah eben die Natur an. Von dort schaute mich etwas wie ein Mops mit Knopfaugen an, die groß und hervorstehend waren.

Mitte März bekam ich dieses neue Rad mit Nabenschaltung und Riementrieb. Zunächst bestand dafür kein Interesse bei mir, aber längst waren diese Dinge weit verbreitet. Keineswegs wurde es still. Ich glaubte an meine Worte und ich merkte um die spürbare Reaktion. Immerhin korrigierte ich schließlich meine kleinen Schwierigkeiten. Diese Lage war so einer neuen Schärfe des Vorhabens für mich.

Dieser Riemenantrieb quietschte gewiss nicht, und hatte mich schon für das schlichte Fahrrad verliebt. Es war ein schönes Gefühl, wieder einen komprimierten Konsumrausch zu bekommen. Unbewusst fiel mein Blick auf dieses Rad, in die feine Technik hatte ich mich indes vernarrt.

Mein Bike riecht noch heute frisch und neu. Mit mir fuhr auch ein neuer Anlass. Dabei musste und konnte ich gar nicht aufhören zu rütteln. Aber was wurde aus dem alten Fahrrad? Mittlerweile war ich das andere ohnehin vernarrt und hatte das *Alte* abgestoßen.
Die mentale Arbeit, die Eindrücke und die Auswahl vollzog sich erneut im Stillen in meiner Rübe. Ob diese Sache logisch erschien, hatte für mich auch eine Bedeutung. Rasch testete ich schon nach einer bestimmten Methode, die ich nunmehr behielt. Bei jeder Frage, die ich mir überlegte, kam ein Versuch. Dann senkte ich den Blick auf meine Fahrräder, wie um zu testen, ob sich irgendwas verändert hatte, und erfasste ich abermals eine neue Kraftquelle. Es gab viele Dinge, die mir behagen. Ich zog mir meine Handschuhe an, danach quietschte es gewaltig unter mir, denn ich führte einen Test der Scheibenbremse durch.

Mein Französisches Ventil sollte auch modifiziert werden zum Autoventil. Hör auf, zu träumen, sagte ich mir. Manchmal musste ich doch Pumpen und ich konzentrierte mich deshalb auf einen ungebrauchten Fahrradventiladapter.

Gleichzeitig zog ich den Bauch ein und ich liebte es, um meinen Willen erfüllt zu haben. Wie sehr ich mich zu meinen Geschichten mit den Utensilien entschlossen hatte, stellte ich immer fest, wenn ich mich endlich entscheiden konnte.

„Was waren meine Handelsmarken?", bummelte ich. Die letzten drei Fahrräder waren wohl alle vom Werk Kalkhoff, ein deutscher Fahrradhersteller in Cloppenburg. Über hundert Jahre hatte diese Firma unterschiedliche Räder erzeugt.

Die Vorgeschichte begann im Jahre 1919 mit dem Handel von Fahrradteilen. Ein Jahr später kam das Angebot von Gebrauchträdern hinzu und im Jahre 1923 wurden die ersten eigenen Fahrradrahmen angefertigt. 1927 wurde das erste komplette Rad aus dem Werk geliefert. 2007 startete das Unternehmen die Produktion von Fahrrädern mit elektrischen Hilfsmotoren. Mein neues Pedelec wurde 2020 hergestellt. Schließlich war somit diese Marke über hundert Jahre alt.

In meinen Gipfelpunkten kurvte ich mit dem Drahtesel über verschiedene Ebenen und erkletterte einige Hügel. Ich fuhr mehr Rad, mal mit einer kraftvollen Unterstützung des Mittelmotors und mal mit einem Normalen. Ich beschäftigte mich mit vielen Details des Fahrrades und schnitt dabei sogar meine eigenen Worte ab.

Ausgedehnte Fahrt ins Blaue

Die Natur erwachte, kam aus dem Winterschlaf. Das ich das, höflich mit leisen Worten aufnehmen wollte, war unschwer zu begreifen. Jedenfalls lag der Frühling in der Luft und so sollte ich Klarheit im Kopf erlangen.

Jeder junge Tag erhob sich, doch ich wollte lieber raus durch einen Zutritt zu diesem Spielplatz, was ich allein mit einem Dreh erreichen musste. Darin bestünde ein neues angenehmes Schauspiel, und ich hätte immer noch mit eigenen Augen gesehen, wie ich das machen werde.

In meiner Gegend zog ich das durch, heiß erwartet mit einem frischen Fahrrad ausgerüstet. So viel Macht blieb mir, ich linste auf die Handgriffe des Lenkers. Es könnte ziemlich schräge sein. Nachdem ich eine Strecke weit hinausfahren war, merkte ich, es wird wieder mehr meine Fahrradgeschichte. Allerdings schloss es hin und wieder meinen Schatten der Vergangenheit aus. Oft zeigte ich mir, wozu ich fähig war, um eine runde Sache in dem Bereich des Fahrens zu erlangen.

Mein Körper vibrierte dabei hauchzart und so wurde der Königsweg von meiner Seite abermals aufgebaut. Ich freute mich, wenn ich alles das Ausnutzen könnte und mit jedem Blick erkannte. Während ich auf dem einfachen Rad durch den Wald steuerte, fantasierte mich bereits ein solches Dasein. Na gut, dachte ich, wie oft verspürte ich diese gewisse Erleichterung. Wer erneut einen Durchblick für mich entwickelte, brauchte sich keine weiteren Gedanken mehr zu machen. Diese Wünsche für die jetzigen Fahrradtouren waren legitim. Dazu träumte ich von Abenteuern, Fahrten und neuen Wege, an jeden einfachen Frühlingstag.

Als der seltsame Freak kam ich, meinen Leib in Bewegung geraten, zu früher Stunde, bei gedämpfter Kälte, die draußen schon fühlbar war, angefahren. Sicher hatte ich gar diese Art, denn schon aufs Neue glühte ein echter Verdruss in meinen Augen. *„Was ist aber der Grund zur Sorge"*, überlegte ich dann.

Mal sehen, wie lange ich durchhielt. Ich sog die Luft ein und fand schließlich eine Gasse an der Ecke zum Marktplatz in Friedrichshagen, in der ich hielt. Es sah nach einer irren Idee aus, hier zu bleiben, wenn ich mich unter dem Himmel auf der Parkbank neben der alten Dame setzte, als wolle ich nun eine kurze Pause nehmen. Das ließ ich mir durch den Kopf gehen. Ja, für eine plötzliche Abwechslung wollte ich bleiben! Ich legte die Hand auf mein rechtes Schulterblatt, bearbeitete anschließend das lädierte Gelenk und die Muskulatur. Lag dort ein Fehler des angestrebten Ziels der Medizin, der sich bei dieser Fahrt zeigte. Was bereits hinter meiner Birne lag, war schon jetzt aufgeweckt.

Es dauerte für mich schier diese ungewöhnliche Zeit von einem halben Jahr. Meine Puste war aber wie immer. Doch der Erfolg war soeben spürbarer, weil ich fleißig mit dem Drahtesel gefahren bin und reichlich draußen zu tun hatte. Ich lachte, als ich mit meinem Fahrradhandschuh wieder den Schweiß auf der Stirn abwischte.

Doch das Anhalten setzte sich wiederum auf der Müggelsee-Route fort, weil mir diese Schulter mehr Schmerzen verursachte, als ob sie durch ein Auseinanderquellen zu reißen
schien. Der Tag war aber frisch, und die folgenden Nächte sollten wohl mit Sternen sehr klar. Trotzdem fühlen sich die Füße in den Fahrradschuhen warm an.

Ob ich die Stellen finden werde, wo ich die Konturen des Vehikels gelassen hatte und sie im Licht meiner Gedanken wieder erstrahlen. Solche Fahrradspuren waren im Kopf selbst eingemeißelt, und bald schon war keiner mehr sehen, nachdem ich mich als Radfahrer hier bewegt hatte. Aber ich hatte es irgendwie mit diesem Körper, bis Rahnsdorf geschafft und wollte gar nicht mehr weg, bis dieses Wehwehchen, in mir nicht mehr da ist.

Wenn die See-Fähre gefahren wäre, könnte ich gewiss von Müggelwerderweg bis an die Station Müggelhort mittuckern. Blitzartig wusste ich, dass ich dort meinen Sitz sichern werde. Okay, allerdings kam sie, die Fähre, nicht. Ein jeweiliges Fernbleiben gehörte auch dazu. Diese Linie F23 startet eben nur in der Sommersaison April bis Oktober.

In der Erinnerung träumte ich so dahin, dass ich viel lieber in Rübezahl in einem Café sitzen werde. Irgendein Cafe' musste ich wieder mal besuchen, indem ich keiner mich kennt, und ich mir ein kleines Bier erlauben sollte.

Ich glaubte, es genügte mir, wenn ich mit dem Fahrrad ohne Fähre diese große Müggelsee-Tour schaffe. Nach vorne bewegte ich meinen Hals und stierte auf die Wege. Dabei nahm ich die schicke Sonnenbrille mit den dunklen Gläsern ab, bewunderte schließlich meine wilden Beine und setzte sie nochmal auf.

Über meine Rübe hingen keine Wolken, das war doch ein wenig ärgerlich. hm… Ich erhob mich, entschloss mich mit leichtem Schaudern, als mir allerlei klar wurden.

Ich stieg auf und fuhr mit dem normalen Rad weiter. Den kleinen Müggelsee musste ich auch um queren. Schließlich hatte ich den Radweg neben den fließenden Gewässer Müggelspree dann einschlagen, um auf die ferne Fahrradbrücke zu kommen. Hier balancierte ich über die Müggelspree und den Alten Spreearm. Ich, der noch immer mit dem Bike fuhr, nickte. Im tiefen Wald kurvte ich letztlich. Dann ist der Ort Müggelhort zusehen mit dieser Fährstation. Von dort war es außerdem nicht weit nach Rübezahl zu fahren.

Jetzt fiel mir nichts ein, aber trotzdem irgendwas fehlte. An der Raststätte Rübezahl hielt ich nun. Ich nahm das Fahrrad in die Hand, schob es in den Ständer und setzte mich in den Biergarten.
Mittlerweile waren die ersten Lockerungen in den Gasthäusern. Endlich schleuderte ich mit den Armen, freute mich gründlich und erfüllte mir auch einen Wunsch. Ich nahm aus meinem kleinen Rucksack das Portemonnaie, als ich an der Reihe wäre. Draußen wollte ich das kühle Gebräu bestellen! Vielleicht könnte ich es aber nicht so gut ausdrücken? Okay, ich hatte gelernt, trainiert und mir selbst wieder diese Sprache

angeeignet. Trotz allem klappte es, wie geschmiert und ich legte das Wechselgeld in die Brieftasche. Geräuschlos setzte ich mich, denn dieser Hopfentee war lange mein inneres Verlangen.

Doch das andere Lokal war geschlossen. In der Tat guckte ich weiter und sah, wie eine Frau im mittleren Alter mit gespitzten Lippen ein Glas Rotwein trank. Diese fremde Blondine musterte mich auch mit einer geballten Form eines Blickes. Jetzt erhob sie sich. Sie trug eine rote enge Bluse, eine wilde Lederjacke, Leggings und ihren Rock, der auffallend kurz war, und noch weiter hochrutschte.
Schließlich trank ich dann mein kleines Bier aus und schlürfte auch noch den Rest auf. Gerade sah ich ein älteres Paar, das Espresso trank.

Wenn es wieder durch die Pandemie notwendig wird, könnte der Umsatz wohl noch trauriger ausfallen. Das hätte auch eine Wirkung auf meine trocknete Kehle, die wieder nicht genügend Luft bekäme.
Ebenfalls bei den anderen Menschen würde es auch nicht funktionieren. Dann rückte ich den Schutzhelm zurecht, könnte überall sein, aber verschwand im Wald.

Es blieb mir nicht erspart, meine Schenkel breiteten sich aus und schließlich musste ich Schnauben vor Anstrengung. Die Fähigkeit, sich durchzukämpfen, wäre mir ansonsten entrissen worden. Ich war ganz außer Atem, aber fuhr Hals über Kopf schnell.
Jetzt hatte ich wieder derartige Macht. In meinem Leben war erneut ein Radler eingetreten, hatte eine

unvergessliche Spur gelegt und war wieder da. An diesem Nachmittag gingen mir die Fahrradgedanken durch den Kopf, und doch ich fühlte mich großartig, weil ich zum Fahren rausgeprescht war, und dann lange gearbeitet hatte.

Ich schien die Frage zu enträtseln: *„War bei mir doch vieles nicht anderes gewesen."* Dennoch meine Pobacken und die Beine quälten mich, da sie mich, wohl beim stundenlangen Üben geholfen haben.

Allzu sehr zitternd, als würde ich am Ende sein, zappelte ich weiter mit den Füßen. Eigentlich war ich erschöpft, sah aus wie bedauernswert, und zum Überfluss jetzt noch träge. Dabei war meine Schulter nicht ganz in Ordnung und ich war in einer tiefgehenden Manier eingestellt, spielte dafür auch die guten Gründe aus und wollte mich auf die Beine stellen. Da ich nicht sehr risikobereit gewesen bin, weil das wieder mehr Schmerzen erzeugt hätte, war sinnvollerweise eine Grenze hinzugefügt.

Als Typ kam ich aus einer ausreichenden Strecke, spürte jeden Ausreiser zu enthaltenden Bestrebungen und murmelte nur, mit einem Wink *„Ich bin wieder da."* Meine Sache war jetzt vielmehr ganz klar, aber genügte das alles?

Nach dem Duschen legte ich mich fast nackend aufs Bett und guckte aus dem Fenster. Ich war völlig kaputt...

Wolkenhain zu den Püttbergen

Zu guter Letzt könnte ich mir bald die Haartracht abschneiden lassen, sodass ich eine freie Sicht habe. Jedoch, es klingelte erst einmal das Telefon. Okay. Ich ging ran, setzte mich in einer Kammer auf meine Liege, sah zu Boden, wirkte wie ein Primat mit meinem Gewand und wunderte mich. *„Falsch verbunden…"*
Schließlich trank ich einen Schluck, ging zum Ausgang nach draußen. Als ich die Terrasse betrat, dachte ich im ersten Moment, es ist doch der springende Punkt für eine veränderte Richtung. Ein frischer Streiter werde ich wieder mit den gewünschten Fahrradkenntnissen sein und noch mehr. Kein Lüftchen wehte. Ich schloss dann die Terassentür und ging in den Garten. In der Wiese stand ich nun und starrte auf den Eingang der Datsche. Indessen stieß ich mich mit der robusten Nase, ungewollt. Wenn ich weitermachte, wollte ich auch was anderes sehen. Der Gedanke gefiel mir, und ich bedankte mich schon für eine derartige Durchführung.

Der Nebel wurde dichter und im Busch war die Sicht jetzt geringer. Nein, ich wollte im Frühling mit meinem normalen Fahrrad, dem geölten Gaul, zu den Baumwipfeln des Kienbergs kurven. Immerhin reichte soweit meine Option. Prüfend musterte ich das neue Sporthemd. Was hatte ich eine komische Vorstellung? Anschließend schwieg ich über den passenden Zeitpunkt und suchte nach Worten.

Als ich startete und vernahm ich, wie ein Mensch einen Wasserschlauch aufdrehte. Entfernt hörte ich auch ein Röcheln. Dazu konnte ich schließlich nicht ganz glauben, was die Neigung des Weges für mich ergab. Ich atmete tief durch, indem ich irgendwie mit aller Kraft was versuchte. Wo mein Ehrgeiz doch herkam, wusste ich bei der Fahrt auf den ehemaligen Schuttberg. Augenblicklich entstand ein leises Geräusch in meiner Kehle. Die Steigungen waren da.

Mir war eher aufgefallen, dass ich in den letzten Wochen nicht mehr nach Schmerzen in der Schulter fragte. Die muskuläre Ausdauer aus meinem Körper zu holen war nicht schwierig, weil ich zu diesem Zeitpunkt wusste, wie. Reicht das doch nicht? Ich lachte nun, rollte meine Lippen, als wollte ich das Beste erreichen. Wenn es gehen sollte, wiederholte ich es. Okay, es ging wie schmiert...

Auf der Rückfahrt lagen am Wegesstand am Niederfeld verstreut einige Nägel. Unabsichtlich hatte ich mir eine Reißzwecke in den Vorderreifen gefahren. Als ich diese im Schlauch hatte, entfloh aus dem kleinen Loch die Luft. Es zischte nur. Ein Zustand, der mich wahrlich bekümmerte, und zum ehrlichen Erwachen brachte. Dann hob ich die Schultern. Ich hatte keine Pumpe am geliebten Stahlross und werde wohl schieben müssen. Schlagartig erfüllte mich meine Eigenschaft und ein Verlangen zum Geschmack des Eises. Allmählich wurden zum Glück die Geschäfte geöffnet. Draußen könnte ich trotz der Corona-Regelung bestellten. Als Pause holte ich mir an der Lassallestraße in Kaulsdorf

Eiskugeln. Das Geld war nicht untrennbar in meinem leichten Portemonnaie. Okay, die kleine Eisinsel war offen und mein Eisbecher konnte serviert werden.

Ich nahm zwei Kugeln, Erdbeere und Vanille. Die Dame tippte gleich die Rechnung. Ich bezahlte, ging zum Fahrrad zurück und sah die Parkbank. Gegen eins, glaubte ich, eine Böe zu hören und meinem Kopf kam was Angenehmes zum Vorschein. Dann verzehrte ich genüsslich das Eis, denn ich hatte mir diese Waffel ja spendiert.

Über Nacht passierte nichts, doch meine Wege glichen einem Wechselbad der Gefühle. Die Corona-Fallzahlen hatten sich zunächst im normalen Leben schrittweise gelockert, aber später verschlimmert.

Der Schachclub Eintracht wollte zum Beispiel im Februar einen Trainingsversuch starten, den ich als Mitglied auch spielen wollte. Er wurde wieder und wieder verschoben. Ich dachte, ich sei auf gewisse Weise hungrig gewesen und versuchte möglichst das Beste zu machen.

Solcher Einfluss war keineswegs nur gut, und die Gesichtszüge mit großen Augen waren vielmehr bei meinem zweiten Streifzug. Deshalb wollte ich Radtouren in den Bezirk Treptow-Köpenick und in die Püttberge, die sich im Osten des Berliner Urstromtals befinden, machen.

Diese *beeindruckenden* Erhebungen der Dünen betragen bis zu achtundsechzig Meter Höhe, zwischen Rahnsdorf und dem Ortsteil Wilhelmshagen. Voll ausgelastet würde ich gerne mit diesem Pedelec die asphaltierten Wege suchen.

Ich stemmte die Hände gegen den Lenker und suchte mit den Füßen eben die richtigen Bewegungen. Mir schien es, als entfesselte sich mein Unterleib. Okay, ein Leben ohne Zauber ist wohl ein anderes Leben, immerhin war der Geschmack fesselnd.

Tatsächlich, am Zweiundzwanzigsten April fuhr ich neben der S-Bahnhofstrecke von Friedrichshagen bis Wilhelmshagen. Ich, der in dem Wald Fahrrad kurvte, hatte mich an den Schlaglöchern hochgerappelt. Eigene Wege musste ich aber finden, tief in Gedanken versunken, vergrub ich das Gesicht nach unten. Es hätte auch sein können, dass ich vermutlich einen quälenden Schmerz durchhalten musste, bei dem die Muskeln sich verkrampft hätten.

Zwischen Waldweg und Fahrrad blickte ich indes, blieb ruhig und schaltete mehr die Gänge auf und runter. Mir schien aber immer, wo ich gerade war. Wie ein williger unbeholfener Gaul wälzte ich mich weiter. Es war schließlich hügelig. Jedoch ich wusste, was ich tue, wenn ich auf solchen Wegen über die Abhänge, sauste. Zuletzt blieb ich an einer Kreuzung stehen, rechts kommt man in dem Ort und links sieht man die S-Bahnstation.

Aber was sollte weiter geschehen? Erstmal wurde mein Mund trocken. Ich verharrte in kurzer Haltung und nahm Flüssigkeit zu mir, wie ein Insekt. In diesem Moment vibrierte mein schnurloses Handy. Ich öffnete die Gürteltasche und nahm vorsichtig das Gerät heraus.

Unmittelbar war das ein Anruf von meiner Hausärztin. Geradewegs stellte ich das E-Bike unter die großen Kiefern. Nun hörte ich zu, legte wie immer die Hand um mein Smartphone, und war gespannt.

Das dreiminütige Gespräch, war bestimmt für mich ein Durcheinander aus Höflichkeit und Wissensdurst. Ich hatte ein Impfangebot bekommen. Wie unverhofft, überlegte ich jetzt. Auf den Pittberge im Wald hatte ich schlicht der Corona-Spritze zugesagt. Was war das für ein Glück. Ich, der mit dem Leib dastand wie ein Typ, entwickelte ein glückliches Seufzen.

Auf der Unterlippe lutschte ich im Moment. Ich musste weiter, im Ort fuhr ich auf der Schönblicker Straße bis zu den idyllischen Kanälen. Am Plutoweg kurvte ich weiter nach links, und letztendlich auf dem Hegemeisterweg. Er endet in der Nähe des Bahnhofs Rangsdorf.
Anfangs hatte ich befürchtet, dass meine Fähigkeit nicht ausreicht und der Regen kam auch nicht. Aber an dieses Abenteuer werde ich schließlich lange denken. So guckte ich hinaus und mein rollendes Geräusch hörte ich umso mehr. In dieser ausgefallenen Landschaft war es ebenfalls eine reiche Fahrt.

Ich bremste scharf am Bahnhof unter der Brücke neben der Straßenbahn, stieg zum Boden herab und packte mein Rad zum Schieben.

Pfeffer und Salz

Der Himmel war blau und kein Wölkchen zu sehen. Ich versuchte alles verständlich zu formulieren, auch wenn ich mich ab und zu unklar ausdrückte. Ich erinnerte mich an alten Zeiten mit sonderbaren Szenen und beim Notieren dieser gab es sicherlich gewisse mysteriöse Denkaufgaben.

Meine Lippen formten die Worte, während ich auf der Tastatur aufschrieb. Dieser Zeitpunkt war für mich zum Vorfall geworden, der mir half, solche Jahre zu durchstehen.

Ich sollte irgendwas Essen. Ja, durchaus sah ich jetzt auf dem Schreibtisch, dass alles da war, was ich brauchte. Ich neigte einfach den Kopf zur Seite, während ich den Apfel mit einem Messer in der Hand anvisierte, registrierte dabei nun eine Gänsehaut. Gefahr war die Würze des Lebens, daher los, ans Werk.

Ironischerweise beherrschte ich meine Sache vielmehr ohne Vorbereitung. Aber zweifellos braucht man vermutlich ein Thema aus der Glücksphase, dass unerlässlich ist, wenn man einen klitzekleinen Erfolg haben wollte, was ich keineswegs hatte.

Da fand ich indes ein ausgefranztes Gitternetz in einem Korbstuhl. Ich war von Natur ein einfacher Mensch und unterlies es, eine Erklärung abzugeben, doch wenn es nötig war, vermochte ich es, andere Auffassung frisch zu beeinflussen. Könnte ich mir leisten bei den meisten

Wege, eine kleine Schlacht nach der anderen zu gewinnen? Richtig.

Mehrmals sollte ich die Nackenmuskulatur lockern, dehnte dazu meinen Hals, bevor ich weitermachte. Dabei geriet ich oft ins Schwitzen. Ich spürte es etwas eher, bevor ich einen steifen Hals bekommen hätte. Wenn ich fast alles erahnt hatte, dann schwebte ich in der Luft und schwieg.

Wenn es Frühling wurde, gab es eigentlich einen Wechsel aller Launen. Meine innere Uhr schlug anders, als dann die Sommerzeit umgestellt wurde. Natürlich war mir bewusst, dass ich durch die Zeitverschiebung auch früher aufstehen wollte. Dann öffnete ich den Kühlschrank, der außer nur einen dunkelroten Fruchtsaft enthielt. Könnte das nicht mehr sein! Ich schwieg weiter und ich nahm trotzdem ein Glas.
Augenblicklich trank ich, kaute irgendetwas und dann schlucke ich was Festes runter. Gleich stellte ich mir einen wild entwachsenden Virenstamm vor, der von einer Pandemie geholt wurde. Ich atmete tief ein und pustete hierbei die zwei Lungenflügel auf, die mir wohl ermöglichten, das ich aufbrechen konnte. Schließlich blickte ich in mein Glas und goss mir nach.

In der dritten Welle der Seuche wurden die steigenden Infektionszahlen immer steiler. Dabei wusste ich nicht, was ich so sagen sollte, und zerdrückte in diesen Gedanken mein Gebäck. Dennoch was ausgeklammert wurde, trat irgendwann wieder zum Vorschein und machte zuletzt den Einfluss aus, was in dieser Sache durchaus geschehen war. Deshalb beschloss der Bundesrat Ende April die Corona-Notbremse.

Es wäre irre, diese Geschichte im Rückblick zu bewerten. Mein Weg war und blieb, schmal und kurvig, doch langfristig war er zumindest ein notwendiger Ausblick.

Wenn ich könnte, würde ich mehr solche Sehnsüchte erfüllen. Aber mein Umbruch *rollte* in Tripelschritten, die sich mir bei Radtouren oder kleinen Veränderungen des Schreibens freilich ausdrückten. Indes wünschten mir einige Glück und Andere das unter keinen Umständen. Ich zog deshalb in der aufbauenden Art und Weise die Schublade meines Schreibtisches auf und entnahm eine Sicherheitsklammer, vorbeugend. Als ich einen Abschnitt meines Textes las, geriet ich wohl in ein gutes Gefühl. Aber was nicht heißen sollte, dass meine Form dadurch gestiegen wäre. Was war mit mir los? hm... Derselbe Typ schien sich entschlossen zu haben.

In Wirklichkeit stand mir oft Feuer durch Einfluss des Rades zu. Dennoch war eher festzustellen, woran ich mich an diesem Stahlross halten musste und nach welchen echten Faktoren mich dieser Kurs beschäftigte. Hierzu teilte ich mein Reich, meine *Insel* und das Gewicht so ein, dass ich wieder unter meinem hellen Stern sauste.

Schließlich glaubte ich, dass ich die Waage holen sollte? Wer einen fitten Körper hatte, dem fehlte es oft an nichts. Übrigens stand ich mal auf der Waage, erkannte gleich den Kenner, weshalb es eher keinen Ärger gab. In meinen Augen war es möglicherweise ohnehin wohl eine gute Auswahl. Ich war jetzt dünner geworden und der Schmerz endete hier, weil die Gefühle meiner Ängste überstanden waren.

Ohne ein neues Risiko abzuwarten, mummelte ich grade so: *„Mein Traum könnte vielleicht Wirklichkeit werden."* Ich war mir ziemlich sicher, ob das, was ich mache, meine Mühe als gute Reaktion zu verstehen war. Ein starkes Gefühl kann man sich nicht aussuchen.

Jetzt hatte ich es wohl doch ausgesucht, und es hatte sich auch nicht ergeben. Wie zufällig, griff ich meine Mähne, schob sie zur Seite und auf dem Kopf erschien die *alte* Narbe. Indes nahm ich meinen vertrauten Geruch des Körpers wahr, den ich keineswegs annehmen wollte.

Als meine Unruhe, die jener Fahrt vorausging, kam spürte ich auch, dass ich es gut mit mir meinte. Aber dann befand sich mein Umriss vielleicht sogar aerodynamischer.

Seddinsee

Nachdem ich aufwachte, wollte ich nach einer Kaffeepause an die Luft kommen. Aber vorher musste ich erst einiges in Ordnung bringen und sollte noch irgendwas vorbereiten. Es lag auch an der Haut, die von der Sonne gebräunt werden wollte. Ein weiteres Mal wollte ich bei einem erneuten großen Rundweg dabei sein.

Über Spinglerfelder Straße, Grünau an der Regattastraße, Gossen, Müggelheim, Rübezahl und nach Köpenick stürmte ich mit meinem Pedelec. Wobei ich meinen Körper einsetzte, um eher für mich ein besonderes Ziel zu erwirken.

Ich hoffte, dass ich mich zumindest noch mehr bewegen konnte. Aber als der Fahrradtyp, der aus Friedrichshain stammte, hatte ich mir ja diese Route wieder genau angeschaut.

Ich fuhr auf einem schmalen Weg nicht weit den Gleisen. Es musste wohl sein, denn neben diesem Werksgelände ist es jetzt gesperrt. Ich verstand sogar, dass ich auf schwierigen Wegen kurvte, aber das war geradezu mein Tatendrang.

Der Gedanke, dass ich eine unbekannte Zone entdeckt haben könnte, war wohl stärker. Schließlich war ich an der Grünauer Straße. Großartig.

An den heißen Tagen war es vielmehr ein Elend, wenn nichts gegen die auf meinem Helm brennende Frühlingssonne vorhanden war und darunter auch ungeschützt eine Hitze entstand. *„Klar."*

Meine Verfassung war keineswegs mehr sicher. Trotzdem gab ich Gas und lenkte aus dem Orts-Zentrum heraus. Immerhin könnte der Wald eine Abhilfe sein.

Trotz des Sinns aller Vorwürfe könnte es für meine Wenigkeit durchaus verübelt sein, weil ich mich wie ein Besessener abgemüht habe.

Als sich ein leichter Wind über das Ufer ausbreitete, konnte ich mich auf der Brücke erholen und vom Pedelec aus sehr gut schauen.

Schleppend zog es womöglich an der *alten* Schulterprellung, aber die Hand zeigte irgendwo am Langer See in die Richtung, in die man fährt.

Was nun? Jedoch als Radfahrer wusste ich praktisch draußen nichts, von dem was vorging, mit Ausnahme dessen, was sich geradezu direkt vor meinen Augen abspielte. Ich strich mit dem kleinen Finger über das Nasenbein. Eigentlich wollte ich von meiner Position aus zum Dämeritzsee.

Ich fand ihn immer wieder, den Fleck mit dem Sonnenlicht und kannte die Sportpromenade wie eine Westentasche.

Es wäre eine gute Creme angebracht, denn war meine Nase schon rot!

Bevor ich dennoch weitermachte, warf ich schnell einen Blick zum interessanten Wald. Schließlich wäre ein kühler Platz in Schmöckwitz angebracht, denn weiter östlich änderte sich die Landschaft am Seddinsee. Sie war mit Mischbäumen und Pflanzen bewaldet.

Ja, ich fand den richtigen Dreh, weil es galt, die Route würzig zu machen. Ich wollte einen anderen Weg und all dieses geschah nebenbei, natürlich nicht ohne Leidenschaft, und mit blinder Gewohnheit.

Es gab nun keinen Pfad mehr, der mich durch das Gestrüpp führte. Ich musste aber zurück. Dort vorne sah ich endlich die Wege und den Schmöckwitzwerdersteg über den Oder-Spree-Kanal bei Wernsdorf. Ich schlug eine Richtung zur Fahrrad- und Fußgänger Brücke ein.
Nun werkelten die Beine sogar wie kleine Teufel. Dicke schwarze Wolken türmten sich auf, der blaue Himmel war trotzdem dahinter zusehen. Auf den kleinen Gassen nach der Gosener Landstraße waren die Fahrspuren besonders geeignet, die mir auch in der Richtung passend erschienen.
Jetzt sprang ein Hase vor meinen Augen. *„Aber wohin des Weges es ihn führen mag",* überlegte ich? Still und leise stöhnte ich, da mir bereits vorher solche Träume dargestellt wurden.
Was trieb mich weiter an? Dazu sagte ich zwar kein Wort, aber ich wirkte ganz entschlossen, als würde ich wissen, wo ich grade war. Erstmal trank ich und saugte mich an der Flasche fest, wodurch sich meine Kehle bewegte. Jetzt konnte ich die richtige Spur entdecken, auf der ich gleich weiterfuhr, und wollte meine Füße strampeln sehen.

Ein sonniger Abend lag über den Müggelbergen. Ein langer Weg war hier und davon bekam ich die robusten Beine, die ich für meine Strecke brauchte. Darum musste ich die Zähne kräftig zusammenpressen und glaubte plötzlich, mein Gesicht wird allmählich rot. Desto trotz tat ich die Radumdrehungen rascher, drückte beinah meinen Körper auf das Pedal und fuhr weiter. Durchaus bewunderte ich immer noch meine Fahrt, die ich bis zum Abendrot zurückgelegt hatte. Man gewöhnt sich zügig an die Fahrerei.

Schließlich knurrte der Magen doch mehr, wenn ich eher darauf achtete. Dennoch hatte ich es mir in den Kopf gesetzt, über recht enge Waldwege am Müggelsee zu fahren, und dort ragende Kiefern zu registrieren. Nunmehr hatte ich es geschafft, dass ich jetzt am See gefahren bin.

Sobald es dunkel wurde, wollte ich doch rascher gleiten, aber ich könnte jederzeit schlappmachen. Okay, alles in allem zählte ich die Kilometer. Klar. Jedenfalls drückte ich kräftig die Hände auf den Lenker, machte Rollbewegungen mit den Füßen, weil ich mich eher entfernen wollte. Aber, was glänzte denn da unter meinem Fahrrad. *„Schlamm!"* Ich spürte, wie meine Kraft schleichend nachließ, doch die Puste war mir nicht ausgegangen. Kein Geier kreiste über mich in ausgelassener Erwartung auf einen großen Happen. Um die Wahrheit zu sagen, hielt ich das Versprechen, das ich mir eigentlich vor meiner Fahrt gegeben habe.

Ich kam zurück und zum Schluss waren die Beine völlig schlapp. Kraftlos wie ein Toter könnte ich mit gesenktem Blick vom Sattel fallen. Es kostet mir Mühe, von dem Fahrradsitz zukommen. Ich zog mich in meinen Raum zurück, um meine Sachen zu wechseln. Die Klimaanlage brummte vergnügt.

Okay, wenn ich mich jetzt rasieren wollte, drehte jemand mir die Kraft ab. Jedoch ich war noch hier. Ich schleppte mich mit Vergnügen auf die Federn des Bettes, um Fernsehen zu gucken. Kein Wunder, dass mein Schwung schließlich verschwunden waren. So schaffte ich noch mit dem Arm den Lichtschalter auszumachen. In der Dunkelheit könnte ich gut einschlafen. Ich wälzte mich kaum auf die Pritsche, bis ich besonders müde wurde und bald hatte ich einen tiefen Schlaf.

Ehemals war es meine Finsternis, die das Leiden in eine Richtung zeigte und den Geist des Menschen von innen her zerreißen kann. Doch das war jetzt anders!

Impfen & Haarkünstlerin

Es war still im Hause, als ich aufwachte. Im Moment kam ich mir doch komisch vor, wie ich in meiner umgedrehten Pyjamahose im Bett lag. Ich wurde grimmig und dachte mir, ich krempele auch gleich die Ärmel hoch. Dabei erinnerte ich mich, wie ich aus dem Krankenhaus in Weißensee gekommen war, als ich wieder laufen lernte.

Die Sätze fallen bestimmt aus meinem fortlaufenden Rahmen. Ein wenig hatte ich mich schon zuvor mein Hirn zermartert. Aber was ist, wenn ich den Garten voller Pluspunkte hätte? Beim aus dem Bett zu kommen, fesselte mich wohl ein irdischer Traum von einer wirksamen Perspektive.

Gewiss meine Haare wuchsen und wuchsen. Egal, nichts war verloren, wie es auch in mir bei der Haarsituation vorging. Ich bräuchte endlich eine neue Frisur! Dafür wollte ich sie, die Haare, schnippeln lassen wollte, wie früher.

Jetzt blickte ich auf meine *schlaue Uhr*, sieben Uhr morgens und überlegte aufzustehen. Schon wurde mir klar, ich könnte es riskieren. In Ordnung, ich nickte. Trotz der Schlaftrunkenheit funkelte es bei den Augenlidern bereits. Und es gelang mir prompt, mich auf die Bettkante zu setzen. Ungetrübt!

Ich frühstückte flink. An der Buschseite hatte ich dann die zwei jungen Ahornbäume umgesetzt und sagte leise, die Gießkanne in der Hand wäre gut für die

Setzlinge. So irre dies sein mag, ich wollte mir damit eine eigene Welt machen. Es bot mir mittlerweile die Möglichkeit solche Übungen auszuführen. Eigentlich glaubte ich, ich war in der Situation, die Auswahl mit all diesen Konsequenzen zu überblicken.

Vielen Dank, dass ich mich wieder bemühte. Ich nickte voll, tänzelte schön, ließ mein Popo aufs Rad heben, sodass sich wieder eine gute Sache anbot. Meine Strecke war nach Köpenick, Friedrichshagen und zuletzt in diese Ortschaft Erkner.

Auch kulturelle Möglichkeiten, Blumengeschäfte und Baumärkte breiteten sich in Windeseile aus. Mit der Zeit fanden sich in Friedrichshagen besonders in der Bölschestraße immer mehr Leute. Ich stand mit gerunzelter Stirn und schwieg. War diese Sache eher realistisch? Sollte auch zum Beispiel ohne Zweifel eine Kleidermode kommen und mein Haarkleid immer länger wachsen? Wenn es nach meiner Vorstellung ginge, müsste ich in gewisser Weise in der Mitte landen. Ich interessierte mich sehr dafür.

Okay, das Geld dafür hatte ich bereits, dass ich auch so die besten Funktionen für das Bein verwenden könnte. Ich dachte, Erinnerungen ist das Festhalten an Dingen, die ich wohl liebte und nie vergessen wollte. Davon würde ich noch bis heute vieles nehmen, allerdings bräuchte ich keine Begleiterin, um zu sprechen und herum zu knutschen. Aber ich hatte dennoch das Gefühl, da bleibt einer übrig. Ich zog mich zurück und wollte warten.

Jedoch, es war eine neue verlockende Idee, weil ich mir sicher war, dass ich endlich wieder essen werde. Ich stellte mir jedenfalls vor, wie ich einen Happen in den Mund schob und kaute. Da ich nur ein klein wenig hungrig war, fuhr ich schließlich vorbei. Ich wollte mich erst am Schnellrestaurant McDonalds in Erkner mal hinsitzen und eine Pause wäre für mich optimal.

Inzwischen war es teils geöffnet und ich wollte vielmehr im Freien essen, weil man hier direkt im Haus bestellen konnte. Ohne mich anzustecken, nahm ich einen McChicken, Pommes und eine Apfelschorle. Es kam das Essen, ich bezahlte und saß noch im Freien. Allerdings war wohl kein Verbrechen draußen zu essen und ich blickte trotzdem ins Leere.

Schließlich hatte ich das Schnellgericht gleich in meinen Mund befördert, legte die Plastikgabel auf dem Teller ab und wischte mir mit der Serviette den Mund ab. Nun trank ich meine Schorle aus.

Letztlich war mein linker Fuß halb taub geworden, und ich lehnte das zweite Getränk dankend ab. Auf einem fremden Klo wollte ich keinesfalls sein, denn die Pandemie ging herum und ich widerstand dem Pissoir, um es bis im Wald noch zu schaffen. Ich hatte es vollbraucht, sollte mich gleich rühren, denn ich musste in diesem Augenblick Pinkeln und startete danach mit dem Drahtesel.

Schließlich sauste ich die Bölschestraße runter, fuhr mit der Zunge über meine Lippen und schmeckte noch einen Hauch des Hühnchens.

Ich war dann zuhause und guckte in die Röhre. Je näher die Nacht kam, desto mehr freute ich mich auf mein frisch bezogenes Bett. Lautlos setzte ich mich anschließend auf die Kante des Bettes. Wo ich mich entkleidete, den Pyjama angezogen hatte und war damit schon bereit. Ich schlief ein und wurde früh geweckt.

Vormittags musste ich schließlich mit dem Rad zu der Arztpraxis fahren. Den Termin hatte ich zugesagt und in Mahlsdorf bekam ich heute, am achtundzwanzigsten April, die erste Corona-Spritze. Aber, ich musste sicher pünktlich kommen. Immerhin war diese Spritze schon dringend. Ich saß dann im Warteraum. Die beiden Beine überkreuzten sich nun und mein Gesicht war keinesfalls verspannt. Vermutlich, weil das wohl meine Verpflichtung war, die mir meinen neuen Mut gegeben hatte.

Zerstreut blickte ich jetzt, als würde ich wie bei einem Insekt eine Metamorphose durchleben. Gewiss, mein Impfstoff hieß Comirnaty.

In meinem Mund sammelte sich als Vorfreude Speichel, und er schmeckte mehr nach Traubenzucker. Okay, ich war mir nicht ganz sicher, ob ich jetzt nur Spaß haben oder chancenvoller sein werde. Hätte ich gewusst, was nun auf mich zukommt, wäre ich lieber gleich auf einen vollen *Corona-Zug* gegangen. Ich ließ dann die Hand über die Schulter gleiten, um meine nackte Haut zu berühren.

Doch zur zweiten Impfdosis sollte ich sechs Wochen nach der ersten wieder in der Praxis sein. Daran sollte ich denken und ich schwieg einen Augenblick.

Geimpfte und Genesene sollten wohl eine spezielle Lockerung mit einer zeitnahen Realisierung bekommen. Mit dem EU-Impfzertifikat in einem digitalen

Impfnachweis wurde gewährt, dass künftig ein Urlaub wohl möglich ist. In Ordnung.

Daheim war ich jetzt, drehte mich um und öffnete die Lippen. Ich stellte dann mein Glas in der Küche auf den Tisch, als mir eine neue Idee eingefallen war. Zweifelslos eine voluminöse Haarpracht hatte ich mir so zugelegt, und leicht zuckte ich mit den Schultern. Mir gefiel das schließlich nicht. Was war es für eine haarige Sache.

Als ich in meinem Zimmer kam, wechselte ich die Sachen. Ich dachte nur, irgendein Wille steht eben dahinter. Okay, aber meine Haare waren dran und ich mag wiederrum einen Igelschnitt. Gern würde ich einen Trockenschnitt haben und erkundigte mich.

Immerhin eine junge Friseurin, zu der ich Ende Mai gesaust bin, gab sich dann alle Mühe. Ich sah ihre Figur und nahm am Ausschnitt ihrer Bluse teil. Die Vietnamesin fing an und ich bekam eine richtige Frisur, wie ich es mag. Es duftet nach geschnittener Haarmähne und ich guckte ganz überrascht. Mit guter Laune hatte die Künstlerin meine Haare abgeschnitten. Dabei hörte ich die Stimmen anderer Leute, und erkannte niemand. Schließlich war sie, die Dame, für mein Schnitt fertig. Jetzt war mein Haar kurz und gleichmäßig meliert, wie der geschnittene Rasen. Ich bezahlte zum Schluss, lachte wieder und steckte mir zuletzt den Bonbon im Mund.

Vor meiner Pandemie-Reise

Am Fensterbrett zündete ich abends Licht an zwei Kerzen, überlegte kurz und pflanzte mich in den Ikea-Sessel.

Doch was war an diesen Pfingsten alles möglich durch die Lage der Inzidenz. Zurzeit gingen die Zahlen um Berlin zurück. Ich schloss meine Augen und ich dachte, dass ich wirklich lange nicht mehr im Lokal gewesen bin. Es könnte sich so langsam nach der Epidemie etwas Gutes herausstellen!

Deshalb ging es von meiner Seite früh am Morgen schon los. Eigentlich tat ich, als wolle ich keinen Lärm machen. Sanft fiel die Terassentür ins Schloss. Schließlich fuhr ich mit dem Bike an der Regattastraße und wollte die Gaststätte *Richtershorn am See* erreichen.

Demzufolge war ich gern aktiv, hatte die Tendenz, um mein ganzes Leben nach diesem Verlangen zu verbringen. Dort angekommen las ich die Regeln, aber konnte im Lokal nicht teilnehmen, weil ich nicht ganz vollständig geimpft war. Sollte ich mich testen lassen?

Unmittelbar füllten die Stimmen in der Kneipe, denn sie waren ein Vorgeschmack für die Pfingsttage. Indes hatte ich draußen ein kleines Pils bestellt, stand im Biergarten und trank das Gesöff letztlich aus.

Der andere Morgen kam. Wie üblich nahm ich meinen kleinen Korb, den ich aus der Küche geborgt hatte, mit dem Frühstückssortiment und ging auf die Terrasse. Als die Konfitüre sich meinem Mund näherte, schlossen sich die Augen wie von selbst. Meine oberen Knöpfe des Hemdes waren noch offen. Paar Tropfen schmolzen auf der Zunge, langsam verzehrte ich den Happen und senkte danach wieder die Finger. Ich hielt den Atem an, aß weiter und verzog genüsslich die Miene. Mein Blut floss durch die Adern, die Luft strömte bis in meine Kiemen und mein Puls verharrte scheinbar in aller Seelenruhe.

Schließlich war ich auch im Bad genervt und lächelte trotzdem vor dem Spiegel, doch meine Zähne waren kaffeebraun geworden. Ich schüttelte den Kopf und wollte lieber nichts dazu sagen. Aber, es verrottet jedoch etwas in mir, überlegte ich nun. Wenn es nur nach mir ginge, sollte ich endlich zur Prophylaxe bei der Zahnärztin gehen. Ob sie auch meine weißen Zähne gerettet hätte? Ich trug nach dem Rasieren eine Lotion auf, atmete tief durch und musterte mich erneut im Spiegel. Okay, ich konnte einen Termin festsetzen, wie es mir passt. Endlich hatte ich einen.

Die weiteren Lockerungen für die Außengastronomie genoss ich im Juni, wenn ich mit dem Bike zu meinem BackWerk fuhr. Innerlich grinste ich jetzt dort oft, wobei meine Füße auf und ab wippten, als wolle ich tanzen gehen. Ich setzte mich einfach, bestellte einen günstigen Latte Mattiaccio und trank einen Schluck. Augenblicklich war ich von der Kaffeequelle begeistert. Häufig nahm ich mit der Hand eine Serviette auf dem kundengerechten Tisch. Wie viel Mal aber war ich als ein langer Kerl in Köpenick gewesen?

Schon Mitte Juni fing es an, eine Reise für eine Woche zu planen. Womöglich wies mich ein Traum auf etwas hin. Vielleicht gab es auch ein Unglück, dachte ich darum ständig. Doch, für den achten Juli wurde eine Urlaubswoche am Nord-Ostsee-Kanal entlang geplant. Wenn ich Glück hatte, rettete es mich schon vom Traum! Erstmal war alles für mich wie eine Befreiung.

In der Nähe von meinem Domizil lag die Wuhleblase und der U5-Bahnhof Biesdorf-Süd. Die Wuhle, sonst ein fließendes Rinnsal, war in dieser Zeit austrocknet, denn das Wetter war im Moment nicht auszuhalten. Aber das Becken vom Wuhlesee wurde jetzt geöffnet und der Bach führte endlich wieder Wasser. Alles war durch und durch fast, wie ein kleines Wunder. Ich war dennoch nicht schweißgebadet und atmete leise.
Im Forum-Köpenick betrat ich einen Jeansshop, der mir dort ins Auge fiel, und kaufte mir eine neue Bluesjeans. Die Angestellte wählte ihre Worte mit Disziplin. Und zuletzt bezahlte ich mit der EU-Karte, nahm den Kugelschreiber mit der linken Hand und setzte meine Unterschrift auf den Bon.
Abends zuhause und probierte ich nochmal die neue Hose an. Sie passte prima. Ich aß dann was. Während ich mir lautlos die Speisen in den Mund schob, hing ich wie jeder meinen Gedanken nach. Ich knipste später das Licht an, schaltete den Fernseher an und seufzte zufrieden.

Der Morgen kam und ich wusste nicht, was passieren wird. Im Moment bewegten sich meine Gesichtsmuskeln, als würde ich Grimassen machen.

Denn jetzt hatte ich auch unter meinen Augen Fältchen, wohl weil die Delta-Variante in Europa ankommen könnte.

Diese Variante war noch Anstecktender, aber immerhin war mein Körper gegenüber dem Erreger wohl resistent. Er, Lothar Wieler, ist der Mann, der vom Robert-Koch-Institut und vermittelte gerade diese Nachrichten. Bestimmt werden viele Menschen in der Zukunft geimpft, damit dadurch keine Herdenimmunität für die Bevölkerung resultiert.

Mit dem Geländer in der Hand stieg ich dann hinauf in mein Zimmer. Nach dem Herunterfahren des öffentlichen Lebens stellte bei mir erneut ein Wohlbefinden ein. In meinem Alter könnte eine Ansteckung wohl unvermeidlich laufen. Schweigend schüttelte ich nur den Kopf. Ich wollte nun meine Gesundheit schützen, und ein Gegenmittel nehmen.

Nord-Ostsee-Kanal

Wir, meine Eltern und *icke*, hatten neue ungewohnte Ziele für unsere Reise, in der wir neue Regeln testen wollten. Unsere Pedelecs waren schnell auf dem Autoträger geschürt. Der Rücken drehte sich dabei eifrig, und beiläufig glotzte ich auf die Fotos mit der grünen Natur am Urlaubsort.

Okay, schließlich sind wir zum Nord-Ostsee-Kanal aufgebrochen. Letztlich fuhr ich mit dem kleinen Volvo und betätigte den Fensterheber, indem ich die Scheibe herunterließ, sog die frische Luft in meine Lunge und freute mich nun. Übrigens wünsche ich mir Glück für die Fahrt. Ich atmete immer wieder tief ein, streckte mich und blickte durch die Glasscheibe. Es war sonnig und unser Ziel an der Erder in Breiholz noch fern.

Danach fuhren wir alle zum Zielort und ich setzte mir die Sonnenbrille auf, die ich in der Mittelkonsole fand, weil ich mit der besser durch die Lichtreflexion gucken konnte. Die Möwen sausten durch die Lüfte, das war mein hoffnungsvoller Tropfen. Nun war es auch an den Augen makellos und die Fahrt war dadurch bequem.

Ungeduldig wartete ich auf dem richtigen Urlaubsplatz in Breiholz. Dort stieg ich aus. Ganz gleich, was man wohl davon denken könnte, ich freute mich auf meine linke Tonne. Man hat mir erzählt, dass hier schon ein Vorkämpfer gewohnt hat. Ich war ein Wesen mit einem normalen Lebensstil kenne und jetzt das. Trotzdem holte ich ein paar Sachen aus dem Koffer, breitete sie in der Tonne aus und legte das Handy sowie mein Brillenetui auf dem Tisch.

Ich war so gespannt, dass ich sogar das Blinzeln fast vergaß. Dieser erste Tag ging weiter und ich habe jeden Moment genossen.

Doch auf dem Wasser schwammen immerhin paar Wasservögel. Erstmal dachte ich mir, dass ich selbst ein Bad in der Erder nehmen sollte. Ich war mir nicht sicher, ob das ein kleines Vergehen war, und ich schaute auf kurzen Steg. Diese Bretter vom Steg waren eher für mich pulsierend. Ich war schließlich im Wasser. Okay, ich war noch neugierig und deshalb huschte ein Lächeln über mein Gesicht. Dann trocknete ich mich ab und sah hinaus auf die fremde Weite.

Es war anregend, weil ich momentan wusste, ein Licht am Ende des Weges war erreicht. Entgegen der üblichen Verfahrensweise bekam ich unausweichlich das starke Gefühl von meiner schönen Krankheit. Wenn ich lange hier wäre, würde ich weiter testen. Warmer Schweiß rann mir über die Stirn. Ich korrigierte mich mehrmals beim ersten Fahrradfahren und passte dann penibel auf. Abends war es ruhig, und ich genoss einen tiefen Schlaf, traumlos und ohne ein Leid.

Der Morgen begann, bald krähte der Hahn und im Osten brach endlich das Sonnenlicht durch. Am zweiten Tag war ein Abstecher nach Rendsburg mit Rädern neben dem Nord-Ostsee-Kanal vorgesehen. Als ich das wohl in dem Smartphone eintippte, wirkten die Worte ziemlich anders. Schweigend, ohne ein Wort, schaffte ich die planvolle Tätigkeit und ergriff schließlich die Fahrradtour.

Im grünen Bereich war der Himmel über Deutschland, ein eher lauer Wind wehte, die Sonne schien und zuletzt war der Regen da, also alles kam zusammen.

Bei der Rückfahrt von Rendsburg war vielmehr ein lebhaftes Gewitter. Meine Sorgenfalten im Gesicht verstärkten sich besonders. Nun räusperte ich mich wohl, denn ich musste einen gewachsenen Kloß in meiner Kehle unterschlucken.

Aber dann nach dem Fahrradfahren, nähe der Tonnen zog ich mich aus, nahm eine Dusche und der Trockner für meine Kluft war mittlerweile eingeschaltet.

Für den nächsten Tag war unsere Idee, an der anderen Seite neben den Kanal Richtung Brunsbüttel zu strampeln. Morgens war es keine Strafe, als ich hier raus wollte. Auch das schlechte Wetter verschlechterte sich, deshalb ich nun eine Äußerung herausquetschen wollte. Ein behutsames Leuchten ging dann von mir aber aus, weil ich sie nun ausgesprochen habe.

Erstmal wollten wir mit den Fahrradfahrer nach Hamdorf einkaufen. Schließlich zog ich meine Regenjacke an, setzte den Fahrradhelm auf und fuhr auf meinem Elektrorad in den leichten Regen hinaus, um die kleine Spritztour zu machen.

Prompt besserte sich das Wetter. Ich faltete die Hände, schloss die Augenlider, als wollte ich aus meinem Reich der Fantasie irgendwas hergeben. Demnach könnte man doch mit den Rädern bis nach Oldenbüttel fahren. Das war ein kurzer Moment der Gedankenreihe, die ich bereits hatte.

Meine Kilometeranzeige am Lenker erschien aber nicht! Ich legte den Kopf schräg und seufzte ein bisschen. Dabei war das Display vom Rad in der verregneten Nacht kaputt gegangen!

Am liebsten wollte ich unmittelbar diese Dinge am Fahrrad korrigieren, aber hier ohne Werkzeug gelang es nicht.

Doch, die Radler waren um vier zurück. Meine nassen Klamotten musste ich erstmal in der Gemeinschaftsdusche in der Waschmaschine schleudern und dann war gegen Abend die Flimmerkiste tauglich.

Mit einer leichten Mahlzeit in der Hand, machte ich mich auf die Suche nach einem Aussichtpunkt. Als ich an diesem den Duft einsog, hatte ich so ein schönes Gefühl. Ich lächelte wieder und die Zähne leuchteten.

Am nächsten Tag war ein EU-Finale England gegen Italien. Also ich entledigte mich abends schnell meinem Trainingsanzug und zog mein Pyjama an.

Der vierte Morgen brach an und schon war ich wach. Ich sprach in Gedanken, drückte meine Hand auf das Bett und blickte nunmehr die Eider an. Ich überlegte einen Moment, trank ein Glas zur Hälfte aus und das Vorhaben stand. Es war schönes Wetter und diese Absicht war, nach Prinzenmoor zu fahren.

Es ging nach dem Frühstück los. Zurzeit war die neue Hebebrücke auf der Bundesstraße 203 aber gesperrt. hm... Ich biss mir dort auf die Zunge. Einwandfrei!

Über Elsdorf waren wir nun nach Nübbel neben dem Nord-Ostsee-Kanal und zurückgefahren.

Endlich war ich nachmittags wieder in meinem Fass, die Tonne, ging dann ins Badehaus, zog mich aus und stieg unter die Dusche. Schließlich spülte ich mir mit Wasser, auch das durchgeschwitzte Gefühl, vom Leib. In dem alles pieksauber war, fühlte ich mich wie ein neuer Mensch, der eine frische Absichten planen wollte. Doch danach war erstmal ich gespannt. Italien war Europameister geworden.

Der nächste Tag folgte. Ich saß im Gartenstuhl und ich dachte nach. Als erneute Bestreben wollte wir es mit den Rädern am Nord-Ostsee-Kanal entlang nach Rendsburg über Hörsten, Nübbel, Fockbek versuchen, und schließlich mittels der Fähre zur anderen Seite nach Westerrönfeld. Doch es scheiterte. Ich zucke, dass meine Schultern bebten, denn das Wetter war wirklich schlecht. Wieder klopfte ich mit dem Zeigefinger gegen meine Vorderzähne, und ich überlegte was zu machen wäre. Keine Sorge, ich bin nun ein Typ, der diese Zusage hält. Okay, der Entschluss stand fest. Die Göhrings wollten von der Anlage, dem Eidersperrwerk, einen Blick zur Landschaft nehmen und dort auf einem Fahrradweg wandern. An der Eider sausten wir letztlich mit dem Auto zum Sperrwerk an der Nordsee.

In Deutschland gab es auch jetzt noch Überschwemmungen in diesen betroffenen Flächen.

Am fünften Tag war in Breiholz nochmal eine schöne Wetterlage. Ohne jeden Zweifel wollten wir die Pedelecs lenken und schließlich auf die Breiholzer-Fähre übersetzen. Ich war erfreut, dass ich die Position mit meinen Wegbegleitern erreicht hatte und endlich fuhren wir los.

Durch meine Körpersprache spürte ich die frische Luft. Gewiss trainierte ich, um meinen Leib nicht zu enttäuschen. Über Hamweddel, Todenbüttel, Gorkels,

Tackesdorf Süd, Oldenbüttel am Kanal, Tackesdorf Nord radelten wir, die Alten und meine Wenigkeit, und kamen zum Schluss in eine kalte Dusche in Oldenbüttel. Wenn sich mein Gesicht verzog, sah es aus, als habe ich keine Kraft mehr. Dort sah ich ein Lokal, in dem ich durch einen Latte Macchiato Körper, Geist und Seele wieder in Ordnung bringen wollte. Schließlich waren wir im Biergarten angekommen.

Mit schweren Beinen setzte ich mich dann gegenüber vom Sonnenschirm. Durch den Kopf ließ ich mir jetzt gehen, aber wie rede ich nun? Eine Dame warf mir einen Blick zu, als sie diesen nach einem Moment beendet hatte, kam von ihr jedoch das Bewirten.

Danach sahen wir die andere Fähre. Mit der *„Audorf"*, ging es endlich kostenlos in Richtung Urlaubsort zurück. Anschließend sind wir neben dem Kanal auf dem Fahrradweg gefahren. Ich lockerte den Griff und nahm die Hände vom Lenker, ohne das Fahrrad aus den Augen zu lassen.

Abends schlüpfte ich in das Bett der Tonne und hier krümmte sich mein Leib. Der Organismus war jetzt mager und mein Brauch wäre bald so dünn, wie ein dicker Faden.

Dennoch hörte ich den Nachtwind, der schon ein Vorgefühl vom Spätsommer in sich trug. Er fegte durch die Landschaft. Ich war verblüfft und runzelte ein wenig mit der Stirn.

Der letzte Tag war jetzt auf dem Plan, Rückfahrt mit dem Auto über Lübeck, wo eine Pause wohl nicht schlecht wäre. Einen Schokoriegel steckte ich mir dort gleich in den Mund. Das Holstentor ist schließlich zu sehen. Aber wie wird das Wetter in Berlin sein?